Quatre aventures de Sherlock Holmes

Le rituel des Musgrave

ROMANS ET RECUEILS
AVEC SHERLOCK HOLMES

Une étude en rouge
Le chien des Baskerville
Le signe des quatre
La vallée de la peur
Les aventures de Sherlock Holmes
Le retour de Sherlock Holmes
Les archives de Sherlock Holmes
Les mémoires de Sherlock Holmes
Son dernier coup d'archet

Sir Arthur Conan Doyle

Quatre aventures de

Sherlock Holmes

Le rituel des Musgrave

suivi de

L'interprète grec

Une affaire d'identité

Le mystère de la vallée de Boscombe

Librio

Texte intégral

Titres originaux

Le rituel des Musgrave / *The Adventure of the Musgrave Ritual*
L'interprète grec / *The Adventure of the Greek Interpreter*
Une affaire d'identité / *A Case of Identity*
Le mystère de la vallée de Boscombe / *The Boscombe Valley Mystery*

LE RITUEL DES MUSGRAVE

Une anomalie qui m'a souvent frappé dans le caractère de mon ami Sherlock Holmes, c'était que, bien que dans ses façons de penser il fût le plus clair et le plus méthodique des hommes, et bien qu'il affectât dans sa mise une certaine recherche d'élégance discrète, il n'en était pas moins, dans ses habitudes personnelles, un des hommes les plus désordonnés qui aient jamais poussé à l'exaspération le camarade qui partageait sa demeure. Non pas que je sois, moi-même, le moins du monde tâtillon sous ce rapport. La campagne d'Afghanistan, avec ses rudes travaux, ses dures secousses, venant s'ajouter à une tendance naturelle chez moi pour la vie de bohème, m'a rendu un peu plus négligent qu'il ne sied à un médecin. Mais il y a une limite et, quand je découvre un homme qui garde ses cigarettes dans le seau à charbon, son tabac dans une pantoufle persane, et les lettres à répondre fichées à l'aide d'un grand couteau au beau milieu de la tablette en bois de la cheminée, alors, je commence à arborer des airs vertueux. J'ai toujours estimé, quant à moi, que la pratique du pistolet devait être strictement un exercice de plein air et, lorsque Holmes, dans un de ses accès de bizarrerie, prenait place dans un fauteuil, avec son revolver et une centaine de cartouches, et qu'il se mettait à décorer le mur d'en face d'un semis de balles qui dessinaient les initiales patriotiques V.R. [1], j'ai chaque fois éprouvé l'impression très nette que ni l'atmosphère ni l'aspect de notre living n'y gagnaient.

Nos pièces étaient toujours pleines de produits chimiques et de reliques de criminels qui avaient une singulière façon de s'aventurer dans des lieux invraisemblables, de se montrer dans le beurrier ou dans des endroits encore moins indiqués.

1. Victoria Regina. *(N.d.É.)*

Mais mon grand supplice, c'étaient ses papiers. Il avait horreur de détruire des documents, et surtout ceux qui se rapportaient à ses enquêtes passées; malgré cela, il ne trouvait guère qu'une ou deux fois par an l'énergie qu'il fallait pour les étiqueter et les ranger, car, comme j'ai eu l'occasion de le dire en je ne sais quel endroit de ces Mémoires décousus, les crises d'énergie et d'ardeur qui s'emparaient de lui lorsqu'il accomplissait les remarquables exploits auxquels est associé son nom étaient suivies de périodes léthargiques pendant lesquelles il demeurait inactif, entre son violon et ses livres, bougeant à peine, sauf pour aller du canapé à la table. Ainsi, de mois en mois, les papiers s'accumulaient, jusqu'à ce que tous les coins de la pièce fussent encombrés de paquets de manuscrits qu'il ne fallait à aucun prix brûler et que seul leur propriétaire pouvait ranger.

Un soir d'hiver, comme nous étions assis près du feu, je me risquai à lui suggérer que, puisqu'il avait fini de coller des coupures dans son registre ordinaire, il pourrait employer les deux heures suivantes à rendre notre pièce un peu plus habitable. Il ne pouvait contester la justesse de ma demande, aussi s'en fut-il, le visage déconfit, à sa chambre à coucher d'où il revint bientôt, tirant derrière lui une grande malle en zinc. Il la plaça au milieu de la pièce et, s'accroupissant en face, sur un tabouret, il en leva le couvercle. Je pus voir qu'elle était déjà au tiers pleine de papiers réunis en liasses de toutes sortes avec du ruban rouge.

– Il y a là, Watson, dit-il en me regardant avec des yeux malicieux, pas mal d'enquêtes. Je pense que si vous saviez tout ce que j'ai dans cette boîte, vous me demanderiez d'en exhumer quelques-unes au lieu d'en enfouir de nouvelles.

– Ce sont les souvenirs de vos premiers travaux? J'ai, en effet, souvent souhaité de posséder des notes sur ces affaires.

– Oui, mon cher. Toutes ces enquêtes remontent au temps où mon biographe n'était pas encore venu chanter ma gloire. (Il soulevait les liasses l'une après l'autre, d'une façon en quelque sorte tendre et caressante.) Ce ne sont pas toutes des succès, mais il y a là quelques jolis petits problèmes. Voici les souvenirs des assassins de Tarleton, l'affaire de Vanberry, le marchand de vin, les aventures de la vieille Russe, et la singulière affaire de la béquille en aluminium, ainsi qu'un récit détaillé du pied-bot Ricoletti et de son horrible femme. Et voici... ah! cela, c'est réellement un objet de choix!

Il plongea le bras au fond de la caisse et en retira une petite boîte en bois munie d'un couvercle à glissière, comme en ont celles où on range les jouets d'enfant. Il en sortit un morceau de papier chiffonné, une vieille clé en laiton, une cheville de bois à laquelle était attachée une pelote de corde et trois vieux disques de métal rouillé.

– Eh bien, mon garçon, que dites-vous de ce lot-là? demanda-t-il en souriant de l'expression de mon visage.

– C'est une curieuse collection.

– Très curieuse, et l'histoire qui s'y rattache vous frappera comme plus curieuse encore.

– Ces reliques ont une histoire, alors?

– À tel point qu'elles sont bel et bien de l'Histoire.

– Que voulez-vous dire par là?

Sherlock Holmes les prit une à une et les posa sur le bord de la table. Puis il se rassit dans son fauteuil et les considéra, une lueur de satisfaction dans les yeux.

– C'est là, dit-il, tout ce qu'il me reste pour me rappeler l'épisode du *Rituel des Musgrave*.

Je l'avais, à plusieurs reprises, entendu mentionner cette affaire, bien que je n'eusse jamais pu en recueillir les détails.

– Je serais si content si vous vouliez m'en faire le récit...

– Et laisser ce fouillis tel quel? s'écria-t-il malicieusement. Votre amour de l'ordre n'en souffrira pas tellement, somme toute, Watson, et moi je serais content que vous ajoutiez cette affaire à vos Mémoires, car elle comporte certains points qui la rendent absolument unique dans les annales criminelles de ce pays et, je crois, de tous les pays. Une collection de menus exploits serait assurément incomplète si elle ne contenait point le récit de cette singulière enquête.

Vous vous rappelez peut-être comment l'affaire du *Gloria Scott* et ma conversation avec le malheureux dont je vous ai raconté le sort dirigèrent pour la première fois mon attention vers la profession que j'allais exercer ma vie durant. Vous me connaissez, maintenant que mon nom s'est répandu partout, maintenant que le public et la police officielle admettent que je suis l'ultime instance à laquelle on fait appel dans les affaires douteuses. Même quand vous avez fait ma connaissance, au temps de l'affaire que vous avez perpétuée dans *L'Étude en rouge*, je m'étais déjà créé une clientèle considérable, bien que pas très lucrative. Vous ne pouvez guère vous rendre compte des difficultés que j'ai d'abord éprouvées et du temps qu'il m'a fallu avant de réussir à atteindre le premier rang.

Quand je suis venu à Londres, à mes débuts, j'avais un appartement dans Montague Street, juste au coin en partant du British Museum, et là, j'attendais, occupant mes trop nombreuses heures de loisir à l'étude de toutes les branches de la science susceptibles de m'être profitables. De temps en temps, des affaires s'offraient à moi, grâce surtout à l'entremise de quelques anciens camarades d'études, car, dans les dernières années de mon séjour à l'université, on avait pas mal parlé de moi et de mes méthodes. La troisième de ces affaires fut le *Rituel des Musgrave* et c'est à l'intérêt qu'éveilla ce singulier enchaînement d'événements et aussi aux résultats auxquels il aboutit, que je fais remonter les premières étapes sérieuses de ma réussite actuelle.

Reginald Musgrave avait été au même collège que moi et je le connaissais quelque peu. En règle générale il n'était pas très populaire parmi les étudiants, quoiqu'il m'ait toujours semblé que ce que l'on considérait chez lui comme de l'orgueil n'était, en réalité, qu'un effort pour couvrir un extrême manque naturel de confiance en soi. D'aspect, c'était un homme d'un type suprêmement aristocratique, mince, avec un long nez, de grands yeux, une allure indolente et pourtant courtoise. C'était, en effet, le rejeton d'une des plus vieilles familles du royaume, bien que sa branche fût une branche cadette qui s'était séparée des Musgrave du Nord à une certaine époque du XVIe siècle pour s'établir dans l'ouest du Sussex, où le manoir de Hurlstone constitue peut-être le plus vieux bâtiment habité du comté. Quelque chose du lieu de sa naissance semblait adhérer à l'homme, et je n'ai jamais regardé son visage pâle et ardent, ou bien considéré son port de tête, sans les associer aux voûtes grises, aux fenêtres à meneaux et à toutes ces vénérables reliques d'un château féodal. De temps en temps, nous nous laissions aller à bavarder et je peux me rappeler que, plus d'une fois, il exprima un vif intérêt pour mes méthodes d'observation et de déduction.

Il y avait quatre ans que je ne l'avais vu, quand, un matin, il entra dans mon logis de Montague Street. Il n'avait guère changé; il était habillé comme un jeune homme à la mode – ce fut toujours un peu un dandy – et il gardait ces mêmes manières tranquilles et douces qui l'avaient jadis caractérisé.

«Qu'êtes-vous donc devenu, Musgrave? lui demandai-je après une cordiale poignée de main.

– Sans doute avez-vous appris la mort de mon père, dit-il. Il a été emporté il y a deux ans environ. Depuis lors, j'ai, naturellement, dû administrer le domaine de Hurlstone, et comme je suis député de ma circonscription en même temps, ma vie a été assez occupée; mais j'ai appris, Holmes, que vous employiez à des fins pratiques ces dons avec lesquels vous nous étonniez.

– Oui, dis-je, je me suis mis à vivre de mon intelligence.

– Je suis enchanté de l'apprendre, car vos conseils aujourd'hui me seraient infiniment précieux. Il s'est passé chez nous, à Hurlstone, d'étranges événements sur lesquels la police a été absolument incapable de jeter une lumière quelconque. C'est vraiment la plus extraordinaire et la plus inexplicable affaire.»

Vous imaginez, Watson, avec quel empressement je l'écoutais, car c'était l'occasion même que j'avais si ardemment désirée pendant tous ces longs mois d'inaction, qui semblait se trouver à ma portée. Tout au fond de mon cœur, je me croyais capable de réussir là où d'autres échouaient et j'avais cette fois la possibilité de me mettre à l'épreuve.

«Je vous en prie, donnez-moi les détails!» m'écriai-je.

Reginald Musgrave s'assit en face de moi et alluma une cigarette que j'avais poussée vers lui.

«Il faut que vous sachiez, dit-il, que, bien que célibataire, je dois entretenir à Hurlstone tout un personnel domestique, car les bâtiments sont vieux et mal distribués et il faut s'en occuper pas mal. J'ai aussi des chasses gardées et, pendant la belle saison, j'ai d'ordinaire beaucoup d'invités, de sorte que cela n'irait plus si on manquait de personnel. Il y a donc en tout huit bonnes, le cuisinier, le sommelier, deux valets de pied et un garçon. Le jardin et les écuries ont, naturellement, leur personnel à eux.

«De ces domestiques, celui qui a été le plus longtemps à notre service était le sommelier Brunton. Quand il a été d'abord engagé par mon père, c'était un maître d'école sans situation mais, homme de caractère et plein d'énergie, il devint vite inappréciable dans la maison. C'était aussi un bel homme, bien planté, au front magnifique et, bien qu'il ait été avec nous pendant vingt ans, il ne peut aujourd'hui en avoir plus de quarante. Avec ses avantages personnels, ses dons extraordinaires – car il sait plusieurs langues et joue presque de tous les instruments de musique –, c'est étonnant qu'il se soit si longtemps contenté d'une situation pareille, mais je suppose qu'il se trouvait confortablement installé et qu'il n'avait pas l'énergie de changer. Le sommelier de Hurlstone est un souvenir qu'emportent tous ceux qui nous rendent visite.

«Mais ce parangon a un défaut. C'est un peu un don Juan, et vous pouvez imaginer que, pour un homme comme lui, le rôle n'est pas très difficile à jouer, dans ce coin tranquille de campagne. Quand il était marié, tout allait bien, mais depuis qu'il est veuf, les ennuis qu'il nous a faits n'ont pas cessé. Il y a quelques mois, nous espérions qu'il allait de nouveau se fixer, car il se fiança à Rachel Howells, notre seconde femme de chambre, mais il l'a jetée par-dessus bord depuis et s'est mis à courtiser Jane Trigellis, la fille du premier garde-chasse. Rachel, qui est une très bonne fille, mais celte et, par conséquent, d'un caractère emporté, a eu un sérieux commencement de fièvre cérébrale et circule maintenant – ou plutôt circulait hier encore – dans la maison comme l'ombre aux yeux noirs de ce qu'elle était naguère. Ce fut là notre premier drame à Hurlstone; mais il s'en est produit un autre qui l'a chassé de nos pensées et qui fut précédé de la disgrâce et du congédiement du sommelier Brunton.

«Voici comment cela s'est passé. Je vous ai dit que l'homme était intelligent, et c'est cette intelligence même qui a causé sa perte, car elle semble l'avoir conduit à se montrer d'une insatiable curiosité à l'égard des choses qui ne le concernaient nullement. Je n'imaginais pas où cela le mènerait, jusqu'au moment où un accident très simple m'a ouvert les yeux.

«Je vous ai dit que la maison est assez mal distribuée. Une nuit de la semaine dernière – celle de jeudi pour être plus précis –, je constatai que je ne pouvais dormir, pour avoir, après dîner, sottement pris une tasse de café noir très fort. Jusqu'à deux heures du matin j'ai lutté contre cette insomnie, puis j'ai compris que c'était tout à fait inutile; je me suis donc levé, et j'ai allumé la bougie, dans l'intention de continuer la lecture d'un roman. Comme j'avais laissé le livre dans la salle de billard, j'ai passé ma robe de chambre et je suis allé le chercher.

«Pour parvenir à la salle de billard, je devais descendre un escalier, puis traverser l'amorce du couloir qui menait à la bibliothèque et à la salle d'armes. Imaginez ma surprise quand, en regardant le couloir devant moi, j'aperçus une lueur qui provenait de la porte ouverte de la bibliothèque. J'avais moi-même éteint la lampe et fermé la porte avant d'aller me coucher. Naturellement je pensai tout d'abord à des cambrioleurs. Les murs des couloirs, à Hurlstone, sont abondamment ornés de trophées et d'armes anciennes. Saisissant une hache d'armes et laissant là ma bougie, je me suis avancé doucement sur la pointe des pieds et, par la porte ouverte, j'ai regardé à l'intérieur de la bibliothèque.

«Brunton, le sommelier, était là, assis dans un fauteuil, avec, sur son genou, un petit morceau de papier qui ressemblait à une carte, le front appuyé dans sa main, il réfléchissait profondément. Je demeurai muet d'étonnement à l'observer d'où j'étais, dans l'ombre. Une petite bougie, au bord de la table, répandait une faible lumière, mais elle suffisait pour me montrer qu'il était complètement habillé. Soudain, pendant que je regardais, il se leva de son siège et, se dirigeant vers un bureau, sur le côté, il l'ouvrit et en tira un des tiroirs. Il y prit un papier et, revenant s'asseoir, le posa à plat près de la bougie, au bord de la table, et se mit à l'étudier avec une minutieuse attention. Mon indignation à la vue de ce tranquille examen de nos papiers de famille m'emporta si fort que je fis un pas en avant. Brunton, en levant les yeux, me vit dans l'encadrement de la porte. D'un bond il fut debout, son visage devint livide de crainte, et il fourra à l'intérieur de son vêtement le papier, qui ressemblait à une carte, qu'il était en train d'étudier.

«"– Quoi! dis-je, c'est ainsi que vous nous remerciez de la confiance que nous avons mise en vous? Vous quitterez mon service demain."

«Il s'inclina, de l'air d'un homme qui est complètement écrasé et s'esquiva sans dire un mot. La bougie était toujours sur la table et à sa lumière je jetai un coup d'œil pour voir quel était le papier qu'il avait pris dans le bureau. À ma grande surprise, je vis que ce n'était pas une chose importante, mais simplement une copie des questions et des réponses de cette vieille règle singulière qu'on appelle le Rituel des Musgrave. C'est une sorte de cérémonie particulière à notre famille, que, depuis des siècles, tous les Musgrave, en atteignant leur majorité, ont accomplie – quelque chose qui n'a qu'un intérêt personnel et qui, s'il présente, comme nos blasons et nos écus, une vague importance aux yeux de l'archéologue, n'a, en soi, aucune utilité pratique, quelle qu'elle soit.

– Nous reviendrons à ce papier tout à l'heure, dis-je.

– Si vous pensez que c'est vraiment nécessaire... répondit-il, en hésitant un peu. Pour continuer mon exposé, cependant, j'ai refermé le bureau, en me servant pour cela de la clé que Brunton avait laissée, et j'avais fait demi-tour pour m'en aller quand je fus surpris de voir que le sommelier était revenu et se tenait devant moi.

«"– Monsieur Musgrave, monsieur, s'écria-t-il d'une voix que l'émotion étranglait, je ne puis supporter ma disgrâce, monsieur; toute ma vie, ma fierté m'a placé au-dessus de ma situation et la disgrâce me tuerait; vous aurez mon sang sur la conscience, monsieur – sur votre conscience, c'est un fait –, si vous m'acculez au désespoir. Si vous ne pouvez me garder après ce qui s'est passé, pour l'amour de Dieu, alors, laissez-moi vous donner congé et m'en aller dans un mois, de mon propre gré. Cela je pourrais le supporter, monsieur Musgrave, mais non d'être chassé au vu de tous les gens que je connais si bien.

«"– Vous ne méritez pas tant d'égards, Brunton, répondis-je. Votre conduite a été trop infâme: cependant, comme il y a longtemps que vous êtes dans la famille, je ne désire pas vous infliger un affront public. Disparaissez dans une semaine et donnez de votre départ la raison que vous voudrez.

«"– Rien qu'une semaine, monsieur! s'écria-t-il d'une voix désespérée. Une quinzaine, dites: au moins, une quinzaine.

«"– Une semaine; et vous pouvez estimer que je vous ai traité avec indulgence."

«Il s'en alla sans bruit, la tête tombant sur la poitrine, comme un homme accablé, tandis que j'éteignais la lumière et regagnais ma chambre.

«Pendant les deux jours qui suivirent cet incident, Brunton se montra fort zélé à remplir ses devoirs. Je ne fis aucune allusion à ce qui s'était passé et j'attendis avec quelque curiosité de voir comment il couvrirait sa disgrâce. Au matin du troisième jour, pourtant, il ne vint pas, comme c'était son habitude, après le petit déjeuner, prendre mes instructions pour la journée. Comme je quittais la salle à manger, je rencontrai par hasard Rachel Howells, la bonne. Je vous ai dit qu'elle n'était que tout récemment remise de maladie et elle avait l'air si lamentablement pâle et blême que je la grondai parce qu'elle travaillait.

«"– Vous devriez être au lit, dis-je. Vous reviendrez travailler quand vous serez plus forte."

«Elle me regarda avec une expression si étrange que je commençai de la soupçonner d'avoir le cerveau dérangé.

«"– Je suis assez forte, monsieur Musgrave, répondit-elle.

«"– Nous verrons ce que dira le docteur! Il faut en tout cas que vous cessiez de travailler, à présent, et, quand vous descendrez, voulez-vous dire à Brunton que je désire le voir?

«"– Le sommelier est parti, dit-elle.

«"– Parti! Parti où?

«"– Il est parti. Personne ne l'a vu. Il n'est pas dans sa chambre. Oh, oui, il est parti – il est parti."

«Elle recula et tomba contre le mur, en poussant des cris et en riant, et je restai là, horrifié par cette crise hystérique, puis je me précipitai vers la cloche pour appeler à l'aide. Pendant qu'on emmenait dans sa chambre la fille toujours criant et sanglotant, je m'informai de Brunton. Il n'y avait pas de doute: il avait disparu. Il n'avait pas dormi dans son lit, personne ne l'avait vu depuis qu'il s'était rendu dans sa chambre la veille, et pourtant il était difficile de voir comment il avait pu quitter la maison, puisqu'on avait, au matin, trouvé les portes et les fenêtres fermées à clé. Ses habits, sa montre et même son argent étaient chez lui – mais le complet noir qu'il portait d'ordinaire n'était pas là. Ses pantoufles aussi avaient disparu, mais il avait laissé ses souliers. Où donc Brunton avait-il pu aller pendant la nuit et qu'était-il devenu à présent?

«Naturellement, nous avons fouillé la maison de la cave au grenier, mais il n'y avait aucune trace de l'homme. La maison est, je vous l'ai dit, un labyrinthe, surtout l'aile primitive qui, pratiquement, est maintenant inhabitée, mais nous avons tout retourné, dans chaque chambre, chaque mansarde, sans découvrir la moindre trace du disparu. Il me semblait incroyable qu'il ait pu s'en aller en laissant là tout ce qui lui appartenait, et pourtant où pouvait-il être? J'ai fait venir la police locale, mais sans succès. Il avait plu la nuit précédente, et nous avons examiné la pelouse et les allées tout autour de la maison, mais en vain. Les choses en étaient là quand un nouvel incident détourna complètement notre attention de ce premier mystère.

«Pendant deux jours, Rachel Howells avait été si malade, en proie tantôt au délire, tantôt à l'hystérie, qu'une infirmière s'occupait d'elle et la veillait. La troisième nuit qui suivit la disparition de Brunton, l'infirmière, jugeant sa malade placidement endormie, se laissa aller à sommeiller dans son fauteuil; quand elle se réveilla, aux premières heures du matin, elle trouva le lit vide, la fenêtre ouverte et plus trace de la malade. Tout de suite on m'éveilla et, avec les deux valets de pied, je partis sans retard à la recherche de la disparue. Il n'était pas difficile de dire quelle direction elle avait prise, car, en partant de dessous sa fenêtre, nous pouvions aisément suivre la trace de ses pas à travers la pelouse jusqu'au bord de l'étang, où elles disparaissaient, tout près du chemin de gravier qui mène hors de la propriété. L'étang, à cet endroit, a huit pieds de profondeur, et vous imaginez ce que nous avons éprouvé quand nous avons vu que la piste de la pauvre démente s'arrêtait au bord même.

«Tout de suite, naturellement, les barges furent là et on se mit au travail pour chercher le corps de la fille, mais nous n'avons pu en trouver trace; par contre, nous avons ramené à la surface une chose des plus inattendues. C'était un sac de toile qui contenait, avec une masse de vieux métal rouillé et décoloré, plusieurs galets ou morceaux de verre de couleur sombre. Cette étrange trouvaille fut tout ce que nous avons pu extraire de l'étang et, bien que nous ayons fait hier toutes les recherches et enquêtes possibles, nous ne savons rien ni du sort de Rachel Howells, ni de celui de Richard Brunton. La police du comté y perd son latin, et je suis venu vers vous, parce que je vous considère comme mon ultime ressource.»

Vous pouvez supposer, Watson, avec quelle attention j'ai écouté cette extraordinaire suite d'événements et comme je m'efforçais de les ajuster ensemble et d'imaginer un fil quelconque auquel on pourrait les rattacher tous.

Le sommelier était parti. La fille était partie. La fille avait aimé le sommelier, mais avait eu ensuite des raisons de le haïr. Elle avait de ce sang gallois, fougueux et passionné! Elle avait été terriblement surexcitée aussitôt que l'homme avait disparu. Elle avait jeté dans l'étang un sac qui contenait des choses bizarres. Autant de facteurs qu'il fallait prendre en considération, et cependant aucun n'allait au fond de l'affaire. Il s'agissait de savoir quel était le point de départ de cet enchaînement d'événements, là se trouvait l'extrémité de cette filière embrouillée.

«Il faut, Musgrave, dis-je, que je voie le papier qui, aux yeux de votre sommelier, valait assez la peine d'être consulté pour qu'il encoure le risque de perdre sa place.

– C'est une chose assez absurde que notre *Rituel*, répondit-il, mais il a, du moins, pour le sauver et l'excuser, la grâce de l'antiquité. J'ai là une copie des questions et des réponses, si vous voulez prendre la peine d'y jeter un coup d'œil...»

Il me passa ce papier, celui que j'ai là, Watson, et voici l'étrange catéchisme auquel chaque Musgrave devait se soumettre quand il arrivait à l'âge d'homme. Je vous lis questions et réponses, telles qu'elles viennent:

– *À qui appartenait-elle?*
– *À celui qui est parti.*
– *Qui doit l'avoir?*
– *Celui qui viendra.*
– *Quel était le mois?*
– *Le sixième en partant du premier.*
– *Où était le soleil?*
– *Au-dessus du chêne.*
– *Où était l'ombre?*
– *Sous l'orme.*
– *Comment y avancer?*
– *Au nord par dix et par dix, à l'est par cinq et par cinq, au sud par deux et par deux, à l'ouest par un et par un et ainsi dessous.*
– *Que donnerons-nous en échange?*
– *Tout ce qui est nôtre.*
– *Pourquoi devons-nous le donner?*
– *À cause de la confiance.*

«L'original n'est pas daté, mais il a l'orthographe du milieu du XVIIe siècle, me signala Musgrave. J'ai peur toutefois qu'il ne puisse guère vous aider à résoudre ce mystère.

– Du moins, dis-je, nous fournit-il un autre mystère, et celui-ci est même plus intéressant que le premier. Et il peut se faire que la solution de l'un se trouve être la solution de l'autre. Vous m'excuserez, Musgrave, si je dis que votre sommelier me semble avoir été un homme très fort et avoir eu l'esprit plus clair et plus pénétrant que dix générations de ses maîtres.

– J'ai peine à vous suivre, répondit Musgrave. Ce papier me semble, à moi, n'avoir aucune importance pratique.

– Et, à moi, il me semble immensément pratique et j'imagine que Brunton en avait la même opinion. Sans doute l'avait-il déjà vu avant cette nuit où vous l'avez surpris.

– C'est bien possible. Nous ne prenions pas la peine de le cacher.

– Il désirait simplement, en cette dernière occasion, se rafraîchir la mémoire. Il avait, si je comprends bien, une espèce de carte qu'il comparait avec le manuscrit et qu'il a mise dans sa poche quand vous avez paru?

– C'est bien cela. Mais en quoi pouvait l'intéresser cette vieille coutume de famille, et que signifie ce rabâchage?

– Je ne pense pas que nous éprouverons de grandes difficultés à l'établir, dis-je. Avec votre permission nous prendrons le premier train pour le Sussex et nous examinerons la question un peu plus à fond sur les lieux.»

Ce même après-midi nous retrouva tous les deux à Hurlstone. Peut-être avez-vous vu des images ou lu des descriptions de cette fameuse résidence, aussi n'en parlerai-je que pour vous dire que la construction a la forme d'un L dont la ligne montante serait la partie la plus moderne et la base, la portion originale sur laquelle l'autre s'est greffée. Au-dessous de la porte basse, au lourd linteau, au centre de cette partie antique, est gravée la date 1607, mais les connaisseurs conviennent tous que les poutres et la maçonnerie sont en réalité bien plus vieilles que cela. Les murs, d'une épaisseur énorme, et les fenêtres, toutes petites, ont, au siècle dernier, chassé la famille dans l'aile nouvelle et l'ancienne étant désormais utilisée comme réserve et comme cave, quand toutefois on s'en servait. Un parc splendide avec de beaux vieux arbres, entourait la maison, et l'étang dont avait parlé mon client s'étendait tout près de l'avenue, à deux cents mètres environ du bâtiment. J'étais déjà bien convaincu, Watson, qu'il ne s'agissait pas de trois mystères distincts, mais d'un seul et que si je pouvais déchiffrer sans erreur le *Rituel,* j'aurais en main le fil qui me guiderait vers la vérité, aussi bien en ce qui concernait le sommelier Brunton que pour Howells, la bonne. C'est à cela que j'ai appliqué toute mon énergie. Pourquoi ce domestique était-il si anxieux de bien posséder cette ancienne formule? Évidemment parce qu'il y voyait quelque chose qui avait échappé à toutes ces générations de grands propriétaires et dont il escomptait quelque avantage personnel. Qu'était-ce donc et en quoi cela avait-il influencé son destin?

Pour moi, il était évident, à la lecture du *Rituel,* que les mesures devaient se rapporter à un certain endroit auquel le reste du document faisait allusion et que si nous parvenions à trouver cet endroit, nous serions sur la bonne voie pour apprendre quel était le secret que les vieux Musgrave avaient cru nécessaire de garder de façon si curieuse. Deux points de repère nous étaient fournis au départ: un chêne et un orme. Pour le chêne, cela ne pouvait faire de question. Juste en face de la maison, sur le côté gauche de l'avenue, se dressait un chêne patriarche, un des plus magnifiques arbres que j'eusse jamais vus.

«Cet arbre était-il là, m'enquis-je comme nous passions à côté, lorsque votre *Rituel* a été écrit?

– Selon toute probabilité, il était là au temps de la conquête normande. Il mesure sept mètres de tour.»

Un de mes points était ainsi bien assuré.

«Avez-vous de vieux ormes?

– Il y en avait un très vieux là-bas, mais il a été frappé par la foudre il y a dix ans, et on en a enlevé la souche.

– On peut voir où il était?

– Oh! oui.

– Il n'y en a pas d'autres?

– Pas de vieux, mais il y a quantité de hêtres.

– J'aimerais voir où se dressait l'orme.»

Nous étions venus en dog-cart et mon client me conduisit tout de suite, sans même entrer dans la maison, à l'excavation, dans la pelouse, où l'orme s'était dressé. C'était presque à mi-chemin entre le chêne et la maison. Mon enquête semblait progresser.

«Je suppose qu'il n'est pas possible de savoir quelle était sa hauteur? demandai-je.

– Je peux vous la donner tout de suite: un peu moins de vingt mètres.

– Comment se fait-il que vous sachiez cela? ai-je demandé, surpris.

– Quand mon vieux précepteur me donnait à faire un exercice de trigonométrie, cela s'appliquait toujours à des hauteurs à déterminer. Dans ma jeunesse, j'ai calculé la hauteur de tous les arbres et de tous les bâtiments de la propriété.»

C'était un coup de veine inattendu. Mes données arrivaient plus vite que je n'aurais pu raisonnablement l'espérer.

«Dites-moi, votre sommelier vous a-t-il jamais posé pareille question?»

Reginald Musgrave me regarda, étonné.

«Maintenant que vous me le rappelez, répondit-il, Brunton m'a effectivement demandé la hauteur de cet arbre, il y a quelques mois, à propos d'une petite discussion avec le valet d'écurie.»

C'était une excellente nouvelle, Watson, car elle me prouvait que j'étais sur la bonne voie. J'ai regardé le soleil; il était encore assez bas dans le ciel et j'ai calculé qu'en moins d'une heure il serait juste au-dessus des branches les plus élevées du vieux chêne. Une des conditions stipulées dans le *Rituel* serait alors remplie. Et l'ombre de l'orme devait vouloir dire la partie la plus extrême de l'ombre, sans quoi on aurait pris le tronc comme point de repère. Il fallait donc trouver l'endroit où l'extrémité de l'ombre tomberait quand le soleil s'écarterait du chêne.

– Cela a dû être difficile, Holmes, l'orme n'étant plus là.

– Eh bien! je savais du moins que si Brunton était capable de le trouver, je le pouvais aussi. En outre, il n'y avait vraiment pas de difficulté. Je suis allé avec Musgrave dans son bureau et là j'ai taillé moi-même cette cheville à laquelle j'ai attaché cette longue ficelle en y faisant un nœud tous les mètres. J'ai pris ensuite deux morceaux de canne à pêche qui mesuraient tout juste deux mètres, et je suis retourné avec mon client à l'ancien emplacement de l'orme. Le soleil effleurait tout juste le sommet du chêne. J'ai dressé la canne à pêche, j'ai marqué la direction de l'ombre et je l'ai mesurée. Elle avait trois mètres de long.

Bien entendu le calcul était simple. Si une canne à pêche de deux mètres projetait une ombre de trois mètres, un arbre de vingt mètres en projetterait une de trente, et la direction dans les deux cas serait la même, bien entendu. J'ai mesuré la distance voulue, ce qui m'amena presque au mur de la maison, endroit où j'ai planté une fiche. Vous pouvez imaginer ma joie, Watson, quand, à moins de deux pouces de ma fiche, je découvris, dans le sol, un trou conique. J'étais sûr que c'était la marque qu'avait faite Brunton en prenant ses mesures et que j'étais sur sa piste.

Depuis ce point de départ, je me mis à avancer, après avoir d'abord vérifié les points cardinaux à l'aide de la boussole de poche. Dix pas m'amenèrent sur une ligne parallèle au mur de la maison et de nouveau j'ai marqué cet endroit avec une cheville. Puis j'ai, avec grand soin, fait cinq pas à l'est et deux au sud, ce qui me conduisit au seuil même de la vieille porte. Deux autres pas à l'ouest impliquaient alors que je devais marcher vers le corridor dallé et que là était l'endroit qu'indiquait le *Rituel*.

Je n'ai jamais ressenti un tel frisson de déception, Watson. Un moment, il me sembla qu'il devait y avoir une erreur radicale dans mes calculs. Le soleil couchant éclairait en plein le sol du corridor et je pouvais voir que son pavage de pierres grises, usées par les pas, était solidement assemblé par du ciment et n'avait certainement pas été bougé depuis de longues années. Brunton n'avait pas travaillé par là. J'ai frappé sur le sol, mais partout il rendait le même son et il n'y avait nul signe de fissure ou de crevasse. Par bonheur, Musgrave, qui avait commencé à saisir le sens de mes actes et qui ne se passionnait pas moins que moi, sortit son manuscrit pour vérifier mes calculs.

«– Et "en dessous"? s'écria-t-il. Vous avez oublié le "et en dessous"!»

J'avais pensé que cela voulait dire que nous devions creuser, mais alors, naturellement, je vis tout de suite que j'avais tort.

«Il y a donc une cave sous ces dalles? m'écriai-je.

– Oui, et aussi vieille que la maison. En descendant ici, par cette porte.»

Nous descendîmes les degrés en colimaçon d'un escalier de pierre, et mon compagnon, frottant une allumette, alluma une grosse lanterne qui se trouvait sur un tonneau, dans un coin. Tout de suite il fut évident que nous étions enfin parvenus au bon endroit et que nous n'étions pas les seuls à le visiter depuis peu.

On s'en était servi pour y emmagasiner du bois, mais les bûches, de toute évidence jetées auparavant en désordre partout sur le sol, avaient été empilées de chaque côté de façon à laisser un espace libre au milieu. Dans cet espace se trouvait une large et lourde dalle, munie au centre d'un anneau de fer rouillé, auquel un épais cache-nez à rayures était attaché.

«Par Dieu! s'exclama mon client, c'est le cache-nez de berger de Brunton! Je le lui ai vu et je pourrais en jurer. Qu'est-ce que cette canaille est venue faire ici?»

À ma demande, on fit venir deux agents de la police du comté pour qu'ils fussent présents et je me suis alors efforcé de soulever la pierre en tirant sur le cache-nez. Je ne pus que la bouger légèrement et ce ne fut qu'avec l'aide d'un des agents que je réussis enfin à la pousser sur un des côtés. Un grand trou noir s'ouvrit, béant, dans lequel nous regardâmes tous, pendant que Musgrave, à genoux sur le bord, y descendait sa lanterne.

Une cavité carrée, profonde de deux bons mètres environ, et d'un peu plus d'un mètre de côté, s'ouvrait devant nous. Il s'y trouvait une boîte en bois plate et cerclée de laiton, dont le couvercle à charnières était relevé; dans la serrure était engagée cette curieuse clé ancienne. L'extérieur était couvert d'une épaisse couche de poussière; l'humidité et les vers avaient rongé le bois, de sorte qu'une foule de champignons poussaient au-dedans. Plusieurs disques de métal – sans doute de vieilles pièces de monnaie – comme ceux que j'ai là traînaient au fond de la boîte, mais elle ne contenait rien d'autre.

À ce moment-là, toutefois, nous n'avons guère pensé à cette vieille boîte, car nos yeux étaient rivés sur une chose qu'on voyait accroupie tout à côté. C'était, tassé sur ses cuisses, le corps d'un homme, vêtu d'un complet noir, la tête affaissée sur le bord de la boîte, qu'il enserrait de ses deux bras. Cette position avait fait monter à son visage tout le sang, qui ne circulait plus, et nul n'aurait pu reconnaître ces traits, déformés et cramoisis; toutefois la taille de l'homme, son costume, ses cheveux suffirent pour montrer à mon client, quand nous eûmes redressé le corps, que c'était bien le sommelier disparu. Il était mort depuis quelques jours, mais il n'y avait sur sa personne ni blessure, ni meurtrissure qui révélât comment était survenue cette fin terrible. Quand nous avons eu emporté son corps hors de la cave, nous nous sommes retrouvés en face d'un problème presque aussi formidable que celui par lequel nous avions commencé.

J'avoue que jusque-là, Watson, j'avais été quelque peu déçu dans mes recherches. J'avais compté résoudre le mystère une fois que j'aurais trouvé l'endroit auquel le *Rituel* faisait allusion, mais maintenant, j'y étais et je demeurais apparemment aussi éloigné que jamais de connaître ce secret que la famille avait caché avec tant de laborieuses précautions. Il est vrai que j'avais fait la lumière sur le sort de Brunton, mais il me fallait à présent découvrir comment le destin l'avait surpris et quel rôle avait joué, en cette affaire, la bonne qui avait disparu. Je me suis assis sur un tonnelet dans un coin et j'ai avec soin passé en revue toute l'affaire.

Vous connaissez mes méthodes en ces cas-là, Watson; je me mets à la place de l'homme et, après avoir estimé son intelligence, j'essaie d'imaginer comment j'aurais moi-même procédé dans les mêmes circonstances. Dans ce cas, la chose était simplifiée par l'intelligence de Brunton, qui était de premier ordre; point n'était besoin, donc, de tenir compte de «l'équation personnelle», comme l'ont appelée les astronomes. Il savait qu'il y avait quelque chose de précieux caché quelque part. Il avait localisé l'endroit. Il avait constaté que la pierre qui couvrait cet endroit était trop lourde pour qu'un homme la soulevât sans aide. Qu'allait-il faire alors? Il ne pouvait aller, même s'il avait eu quelqu'un à qui il pût se fier, chercher de l'aide à l'extérieur, débarricader les portes et courir un grand risque d'être découvert. Mieux valait, si possible, trouver l'aide voulue dans la maison. Mais qui pouvait-il solliciter? Cette fille lui avait été très attachée. Si mal qu'il l'ait traitée, un homme a toujours beaucoup de peine à se rendre compte qu'il a pu perdre définitivement l'amour d'une femme. Il tenterait, grâce à quelques attentions, de faire la paix avec la bonne, puis l'engagerait à devenir sa complice. Une nuit, ils iraient ensemble à la cave et leurs forces réunies suffiraient pour soulever la pierre. Jusque-là je pouvais suivre leur action comme si je les avais effectivement vus.

Mais pour deux personnes, dont l'une était une femme, ce devait être un bien lourd travail, que l'enlèvement de cette pierre. Un vigoureux policeman du Sussex et moi, nous n'avions pas trouvé la besogne facile. Alors qu'auraient-ils donc fait pour se faciliter la tâche? Je me suis levé et j'ai examiné avec soin les bûches éparses sur le sol. Presque tout de suite, je suis tombé sur ce que je souhaitais. Un morceau de bois de presque un mètre de long portait à une de ses extrémités une entaille très nette, tandis que plusieurs autres étaient aplatis sur les côtés, comme s'ils avaient été comprimés par quelque chose de très lourd. Évidemment, une fois la pierre un peu soulevée, ils avaient glissé des billots de bois dans la fente jusqu'au moment où, l'ouverture étant enfin assez large pour s'y introduire, ils l'avaient maintenue ouverte à l'aide d'une bûche placée dans sa longueur et qui pouvait s'être entaillée à son extrémité du bas, puisque tout le poids de la pierre levée la pressait contre le bord de l'autre dalle. Jusque-là j'étais encore en terrain ferme.

Et maintenant, comment allais-je procéder pour reconstruire ce drame nocturne? Évidemment une seule personne pouvait descendre dans le trou, et cette personne c'était Brunton. La fille avait dû attendre sur le bord. Brunton avait alors ouvert la boîte, lui avait passé ce qu'elle contenait – je le présume, puisqu'on n'a rien trouvé –, et alors... alors, qu'était-il arrivé?

Quel feu de vengeance mal éteint se ranima-t-il tout à coup, flamba-t-il dans l'âme celte de cette passionnée, quand elle vit en son pouvoir l'homme qui lui avait nui – et peut-être bien plus que nous le soupçonnions? Était-ce par hasard que le bois avait glissé et que la pierre avait enfermé Brunton dans ce qui était devenu son tombeau? La seule culpabilité de la fille avait-elle été de garder le silence sur le sort de l'homme? Ou, d'un coup brusque, avait-elle fait sauter le support de bois et laissé brutalement retomber la pierre en place? Quoi qu'il en fût, il me semblait voir la silhouette de la femme étreignant toujours sa trouvaille et regrimpant à toute vitesse l'escalier sinueux, tandis que ses oreilles retentissaient peut-être des appels assourdis et du bruit des mains qui tambourinaient frénétiquement sur la dalle de pierre qui étouffait, jusqu'à le tuer, l'amant infidèle.

C'était là le secret du visage blafard de cette fille, le secret de ses nerfs ébranlés, de son accès de rire hystérique du lendemain matin. Mais qu'y avait-il eu, dans la boîte et qu'en avait-elle fait? Naturellement, ce devaient être les vieux morceaux de métal et les cailloux que mon client avait retirés de l'étang. Elle les y avait jetés aussitôt qu'elle l'avait pu, pour faire disparaître la dernière trace de son crime.

Pendant vingt minutes, j'étais demeuré assis, réfléchissant à toute l'affaire. Musgrave était toujours debout, très pâle et, en balançant sa lanterne, il regardait dans le trou.

«Ce sont des pièces de Charles Ier, dit-il, en me tendant celles qui étaient restées dans la boîte. Vous voyez que nous avions raison quand nous avons établi la date du *Rituel*.

– Peut-être trouverons-nous autre chose de Charles Ier! m'exclamai-je, comme, tout à coup, le sens probable des deux premières questions du *Rituel* s'imposait à ma pensée. Faites-moi voir le contenu du sac que vous avez retiré du lac.»

Nous sommes donc remontés à son bureau et il a placé les débris devant moi. En les regardant, j'ai pu comprendre qu'il les considérait comme de peu d'importance, car le métal était presque noir et les pierres, ternes et sombres. Toutefois j'en ai frotté une sur ma manche et, au creux sombre de ma main, elle s'est mise à briller comme une étincelle. Le gros morceau de métal avait l'apparence d'un double cercle, mais plié et tordu, il avait été déformé.

«Vous ne devez pas oublier, dis-je, que le parti royaliste a résisté en Angleterre, même après la mort du roi, et que, quand à la fin ils se sont enfuis, ils ont probablement laissé enterrés derrière eux beaucoup de leurs biens les plus précieux, avec l'intention de venir les rechercher en des jours plus paisibles.

– Mon ancêtre, Sir Ralph Musgrave, fut un cavalier éminent et le bras droit du roi Charles Ier lors de son exil et de sa vie errante, dit mon ami.

– Vraiment! Eh bien, je crois que ce fait doit nous fournir le dernier maillon qui manquait à notre chaîne. Je vous félicite d'entrer en possession, bien que de façon tragique, d'une relique qui a en elle-même une grande valeur, mais qui a plus d'importance encore comme curiosité historique.

– Qu'est-ce donc? balbutia Musgrave, étonné.

– Ceci n'est rien de moins que l'ancienne couronne des rois d'Angleterre.

– La couronne?

– Exactement. Considérez ce que dit le *Rituel*. Quelles sont les formules? "À qui appartenait-elle? – À celui qui est parti." Cela se passait après l'exécution de Charles. Puis: "Qui doit l'avoir? – Celui qui viendra." Celui-là, c'était Charles II, dont on prévoyait déjà la venue. Je crois qu'on ne saurait mettre en doute que ce diadème bosselé et informe a jadis couronné la tête des rois Stuart.

– Et comment est-il venu dans l'étang?

– Ah! il nous faudra quelque temps pour répondre à cette question.

Là-dessus je lui retraçai la longue chaîne de suppositions et de preuves que j'avais imaginée. La nuit était tombée et la lune brillait au ciel avant que j'eusse achevé mon récit.

– Et comment se fait-il que Charles n'ait point repris sa couronne à son retour? demanda Musgrave en remettant la relique dans son sac de toile.

– Là, vous mettez le doigt sur le seul point que, sans doute, nous ne serons jamais capables d'élucider. Il est probable que le Musgrave détenteur du secret mourut dans l'intervalle et que, par négligence, il laissa ce *Rituel* à son descendant sans lui en expliquer le sens. À partir de ce moment-là, on se l'est transmis de père en fils, jusqu'au jour où il tomba enfin entre les mains d'un homme qui en déchiffra le secret, mais perdit la vie dans l'aventure.»

Et c'est là, Watson, l'histoire du *Rituel des Musgrave*. Ils ont la couronne, là-bas, à Hurlstone, bien qu'ils aient eu quelques ennuis avec la loi et une forte somme à payer pour obtenir la permission de la garder. Je suis sûr que si vous veniez de ma part, ils seraient heureux de vous la montrer. Quant à la femme on n'en a jamais entendu parler; il est probable qu'elle a quitté l'Angleterre et que, emportant le souvenir de son crime, elle s'en est allée en quelque pays par-delà les mers.

L'INTERPRÈTE GREC

Au cours de ma longue et intime fréquentation de Sherlock Holmes, je ne l'avais jamais entendu faire allusion à sa famille, et presque jamais à son enfance. Cette réticence de sa part avait renforcé mon impression qu'il était un peu en dehors de l'humanité, au point que, parfois, il m'arrivait de le regarder comme un phénomène unique, un cerveau sans cœur, aussi dépourvu de sympathie pour les hommes qu'il leur était supérieur en intelligence. Si son antipathie pour la femme et son aversion à se faire de nouveaux amis étaient caractéristiques de sa nature impassible, la suppression absolue de toute allusion aux siens ne l'était pas moins. J'en étais venu à croire qu'il était orphelin, sans parents vivants, quand un soir, à ma grande surprise, il se mit à me parler de son frère.

C'était un soir d'été, après le thé, et la conversation, intermittente et décousue, après avoir passé des clubs de golf aux causes de variations dans l'obliquité de l'écliptique, en était, en fin de compte, venue à la question de l'atavisme et des aptitudes héréditaires. Il s'agissait, dans notre discussion, de déterminer dans quelle mesure un don remarquable, quel qu'il soit, chez un individu, était imputable à sa filiation et jusqu'à quel point il était dû à son éducation première.

– Dans votre propre cas, dis-je, d'après tout ce que vous m'avez dit, il est évident que votre faculté d'observation et votre facilité particulière de déduction sont dues à votre propre entraînement systématique.

– Jusqu'à un certain point, répondit-il, en réfléchissant. Mes ancêtres étaient des propriétaires campagnards qui paraissent bien avoir mené la vie qui correspondait naturellement à leur état. Néanmoins, cette façon d'agir, je l'ai dans le sang et elle peut venir de ma grand-mère qui était la sœur de Vernet, l'artiste français. L'art, dans le sang, est susceptible de prendre les formes les plus étranges.

– Mais comment savez-vous qu'il s'agit de quelque chose d'héréditaire?

– Parce que mon frère Mycroft le possède à un degré bien plus élevé que moi.

C'était là un élément nouveau pour moi. S'il y avait en Angleterre un autre homme qui possédait des dons aussi remarquables, comment se faisait-il que ni la police ni le public n'en eussent entendu parler? Je posai la question, en insinuant que c'était la modestie de mon compagnon qui lui faisait reconnaître son frère comme supérieur. Holmes se mit à rire de ma suggestion.

– Mon cher Watson, dit-il, je ne saurais être d'accord avec ceux qui rangent la modestie parmi les vertus. Pour le logicien, toutes les choses doivent être exactement ce qu'elles sont, et se sous-estimer soi-même, c'est s'écarter de la vérité, autant qu'exagérer ses propres mérites. Donc, quand je dis que Mycroft a des facultés d'observation supérieures aux miennes, vous pouvez croire que je dis à la lettre l'exacte vérité.

– Est-il votre cadet?

– De sept ans mon aîné.

– Comment se fait-il qu'on ne le connaisse pas?

– Oh! on le connaît fort bien dans son milieu.

– Où donc?

– Eh bien, au club Diogène, par exemple.

Je n'avais jamais entendu parler de cet établissement et mon air sans doute le disait, car Sherlock Holmes sortit sa montre.

– Le club Diogène est le plus étrange de Londres et Mycroft est un de ses membres les plus étranges. Il s'y trouve toujours de cinq heures moins un quart à huit heures moins vingt. Il est maintenant six heures; si donc, par ce beau soir, une petite promenade vous disait quelque chose, je serais très heureux de vous présenter deux curiosités.

Cinq minutes après, nous étions dans la rue, et nous nous dirigions vers Regent Circus.

– Vous vous demandez, dit mon compagnon, pourquoi Mycroft n'emploie pas ses dons comme détective. Il en est incapable.

– Mais je croyais que vous aviez dit?...

– J'ai dit qu'il m'était supérieur pour l'observation et la déduction. Si l'art du détective commençait et finissait dans un fauteuil, mon frère serait le plus grand expert criminel ayant jamais existé. Mais il n'a aucune ambition, aucune énergie. Il ne s'écarterait même pas de son chemin pour vérifier ses propres solutions et aimerait mieux passer pour avoir tort que de se donner la peine de prouver qu'il a raison. À maintes reprises je lui ai soumis des problèmes et j'y ai reçu une explication qui, par la suite, se révélait exacte. Et malgré cela, il était absolument incapable de faire ressortir les points pratiques dont il faut être en possession avant de pouvoir porter une affaire devant un juge ou un jury.

– Ce n'est pas sa profession, alors?

– Nullement. Ce qui est, pour moi, un moyen d'existence, constitue pour lui la plus pure marotte d'un dilettante. Il possède un don extraordinaire pour les chiffres et il apure les livres de plusieurs administrations gouvernementales. Mycroft, qui demeure dans Pall Mall, fait un tour par le coin de Whitehall tous les matins et il le refait dans le sens inverse tous les soirs. D'un bout de l'année à l'autre, il ne prend pas d'autre exercice et on ne le voit nulle part ailleurs, sauf au club Diogène, qui se trouve juste en face de chez lui.

– Ce nom ne me dit rien.

– Rien d'extraordinaire à cela. Il y a à Londres, vous le savez, beaucoup d'hommes qui, les uns par timidité, les autres par misanthropie, ne recherchent nullement la société de leurs semblables. Toutefois, ils ne détestent point pour autant les fauteuils confortables, non plus que les plus récentes revues. C'est pour la commodité de ces gens-là que le club Diogène a été formé, et il compte, maintenant, les hommes les plus asociaux, les plus ennemis des clubs qui soient à Londres. On ne permet à aucun membre de se préoccuper d'un autre. Sauf dans la salle des Étrangers, il est interdit de parler, dans quelques circonstances que ce soit, et trois infractions à cette règle, si le comité en est informé, peuvent entraîner l'exclusion du bavard. Mon frère fut l'un des fondateurs et j'ai moi-même trouvé dans ce club une atmosphère éminemment sédative.

Tout en bavardant, nous avions atteint Pall Mall; en débouchant par le haut de St. James, Sherlock Holmes s'arrêta devant une porte à peu de distance du Carlton et, en me rappelant de ne pas parler, me conduisit dans le vestibule. À travers les vitres, j'aperçus une vaste et luxueuse salle dans laquelle un nombre considérable de messieurs étaient assis çà et là, à lire les journaux, chacun dans son coin. Holmes me fit entrer dans une petite pièce qui donnait sur Pall Mall puis, m'ayant quitté une minute, il revint avec un compagnon qui, je le voyais, ne pouvait être que son frère.

Mycroft Holmes était beaucoup plus grand et plus fort que Sherlock Holmes. Sa corpulence et sa taille étaient remarquables, mais son visage, bien que massif, avait gardé quelque chose de l'acuité d'expression si caractéristique de celui de son frère. Ses yeux, d'un singulier gris aqueux, semblaient garder en permanence ce regard lointain, introspectif, que je n'avais observé chez Sherlock Holmes que lorsqu'il déployait toutes ses facultés.

– Je suis heureux de faire votre connaissance, monsieur, dit-il, en me tendant une main aussi large et aussi plate qu'une nageoire de phoque. Partout j'entends parler de Sherlock Holmes depuis que vous vous êtes institué son mémorialiste. À propos, Sherlock, je m'attendais à te voir par ici la semaine dernière pour me consulter au sujet de cette affaire du Manoir. Je pensais que tu avais un peu perdu pied.

– Non, je l'ai résolue, dit mon ami, en souriant.

– C'était Adams, bien sûr?

– Oui, c'était Adams.

– J'en étais certain, dès le début.

Ils s'assirent tous les deux dans le bow-window du club.

– Pour qui désire étudier l'humanité, voici le bon endroit, dit Mycroft. Regardez-moi ces types magnifiques! Regardez, par exemple, ces deux hommes qui viennent de notre côté.

– Le marqueur au billard et l'autre?

– Précisément. Qu'est-ce que tu dis de l'autre?

Les deux hommes s'étaient arrêtés en face de la fenêtre. Quelques traces de craie autour de la poche de son gilet étaient les seuls signes de joueur de billard que je pus découvrir chez l'un d'eux. Son compagnon était un homme très petit, avec un chapeau rejeté en arrière et plusieurs paquets sous le bras.

– Un vieux soldat, à ce que je vois, dit Sherlock.

– Et licencié tout récemment, observa le frère.

– A fait du service aux Indes.

– Un sous-officier.

– D'artillerie, je suppose, dit Sherlock.

– Et veuf.

– Oui, mais avec un enfant.
– Des enfants, mon petit, des enfants.
– Çà! dis-je en riant, voilà qui est un peu fort!
– Certes non, répondit Holmes, il n'est pas difficile de dire qu'un homme avec cette allure, cet air d'autorité et cette peau cuite par le soleil est plus qu'un simple soldat et qu'il est revenu des Indes depuis peu.
– Qu'il n'a pas quitté le service depuis longtemps, ça se voit aux souliers réglementaires qu'il porte, remarqua Mycroft.
– Il n'a pas la démarche du cavalier et pourtant il portait sa coiffure de travers, comme en témoigne la couleur de sa peau, plus claire de ce côté-ci du front. Il est trop lourd pour un sapeur. Donc il était dans l'artillerie.
– Et puis son costume de deuil montre qu'il a perdu quelqu'un de très cher. Qu'il fasse lui-même ses commissions semble indiquer que c'était sa femme. Il a acheté des choses pour ses enfants, vous voyez: il y a une crécelle, ce qui implique que l'un d'eux est très jeune. La femme a dû mourir en couches. Le livre d'images sous son bras montre qu'il y a un autre enfant auquel il doit aussi penser.
Je commençais à comprendre ce que mon ami voulait dire quand il déclarait que son frère possédait des dons supérieurs même aux siens.
Sherlock me regardait et souriait. Mycroft prit une pincée de tabac dans une tabatière en écaille et, avec un grand mouchoir de poche en soie rouge, il brossa les grains égarés sur son vêtement.
– À propos, Sherlock, dit-il, on a soumis à mon jugement quelque chose qui est tout à fait selon ton cœur – un problème très étrange. Je n'ai vraiment pas eu l'énergie de le suivre, sauf de façon très incomplète, mais il m'a fourni une base pour quelques réflexions très agréables. Si tu avais envie d'entendre les faits…
– Mon cher Mycroft, j'en serais enchanté.
Le frère griffonna une note sur une feuille de son carnet et, ayant sonné, passa le billet au garçon de salle.
– J'ai prié M. Melas de traverser la rue, dit-il. Il demeure à l'étage au-dessus du mien et je le connais un peu, ce qui l'a amené à venir me voir à un moment où il était fort perplexe. M. Melas est grec d'origine, je crois, et c'est un linguiste remarquable. Il gagne sa vie en partie comme interprète auprès des tribunaux et en partie en remplissant le rôle de

guide auprès des riches Orientaux qui peuvent descendre dans les hôtels de Northumberland Avenue. Je crois que je lui laisserai raconter à sa manière sa très remarquable aventure.

Quelques minutes plus tard nous rejoignait un homme petit et gros dont la face olivâtre et les cheveux noirs comme du jais proclamaient l'origine méridionale, bien que son langage fût celui d'un Anglais bien élevé. Il échangea avec Sherlock une cordiale poignée de main et ses yeux étincelèrent de plaisir quand il comprit que le fameux détective désirait connaître son histoire.

– Je ne crois pas que la police ajoute foi à ce que je dis, commença-t-il, d'une voix plaintive. Je ne le crois pas, ma parole. Simplement parce qu'ils n'ont jamais rien entendu de pareil avant, ils pensent que cela ne se peut pas. Mais je sais, moi, que jamais plus je n'aurai l'esprit en repos tant que je ne saurai pas ce qu'est devenu mon pauvre homme avec l'emplâtre sur son visage.

– Je suis tout attention, dit Sherlock.

– C'est aujourd'hui mercredi soir. Eh bien, donc, c'était lundi soir – il y a seulement deux jours, vous comprenez, que tout cela est arrivé. Je suis interprète, comme peut-être mon voisin que voici vous l'a dit. J'interprète dans toutes les langues – ou presque toutes – mais comme je suis grec de naissance et de nom, c'est à cette langue particulière qu'on m'associe partout. Pendant de longues années j'ai été le principal interprète grec à Londres et mon nom est fort connu dans les hôtels.

«Il arrive assez souvent que l'on m'envoie chercher à des heures insolites; ce sont des étrangers qui se trouvent en difficulté, des voyageurs qui arrivent tard et ont besoin de mes services. Je ne fus donc pas surpris quand, lundi soir, un certain M. Latimer, jeune homme très élégant, entra dans ma chambre et me demanda de l'accompagner dans un fiacre qui attendait à la porte. Un Grec de ses amis était venu le voir, pour affaires, disait-il, et comme il ne parlait que sa propre langue, on ne pouvait se passer des services d'un interprète. Il me fit entendre que sa maison se trouvait à quelque distance, dans Kensington. Il semblait très pressé, et me poussa rapidement dans le fiacre lorsque nous fûmes descendus dans la rue.

«Je dis "dans le fiacre", mais j'eus bien vite des doutes et je me demandai si ce n'était pas dans une voiture particulière que je me trouvais. Elle était certainement plus spacieuse que ces voitures à quatre roues qui sont la honte de Londres, et les garnitures, bien qu'éraillées, étaient certainement d'une riche qualité. M. Latimer s'est assis en face de moi et, partis rapidement par Charing Cross, nous avons remonté Shaftesbury Avenue. Nous venions de déboucher dans Oxford Street et je m'étais risqué à observer que c'était un chemin bien détourné pour aller à Kensington, quand l'extraordinaire conduite de mon compagnon me coupa la parole.

«Il commença par sortir de sa poche une trique plombée qui avait l'air fort lourde; à plusieurs reprises il en cingla l'air, en avant et en arrière, comme pour en éprouver le poids et montrer sa force. Puis, sans un mot, il la plaça sur le siège à côté de lui. Après quoi, il leva les glaces de chaque côté et, à mon étonnement, je m'aperçus qu'elles étaient recouvertes de papier, pour m'empêcher de voir au travers.

«– Je regrette de vous couper la vue, monsieur Melas, dit-il. Le fait est que je n'ai pas l'intention de vous laisser voir à quel endroit nous allons. Il pourrait m'être désagréable que vous y reveniez.

«Comme vous l'imaginez, je fus complètement déconcerté par de tels propos. Mon compagnon était un jeune homme très fort, aux larges épaules, et, même sans son arme, je n'aurais pas eu la moindre chance si je m'étais battu avec lui.

«– C'est là une conduite très étrange, monsieur Latimer, balbutiai-je. Vous devez vous rendre compte que ce que vous faites est tout à fait illégal?

«– C'est prendre quelque liberté, sans doute; mais on vous dédommagera. Je dois toutefois vous avertir, monsieur Melas, que si, à n'importe quel moment, ce soir, vous essayez de donner l'alarme ou de faire quoi que ce soit de contraire à mes intérêts, vous pourrez tâter à quel point ce sera grave. Je vous prie de vous rappeler que personne ne sait où vous êtes et que, tant dans cette voiture que dans ma maison, vous êtes entre mes mains.

«Il parlait tranquillement, mais mettait dans ses mots une âpreté menaçante. Je demeurai silencieux, me demandant quelle pouvait bien être la raison qu'il avait pour m'enlever de façon si extraordinaire. Quoi qu'il en fût, il était parfaitement clair qu'il ne me servirait à rien de résister et que je ne pouvais qu'attendre pour voir ce qui arriverait.

«Pendant deux heures ou presque, nous avons roulé, sans que j'eusse la moindre idée de l'endroit où nous allions. Parfois, le bruit des sabots des chevaux révélait une chaussée pavée, à d'autres moments, notre course douce et silencieuse suggérait le macadam, mais hormis cette différence dans le bruit, il n'y avait absolument rien qui pût le moins du monde m'aider à deviner où nous étions. Le papier sur les glaces des deux côtés était impénétrable à la lumière et l'on avait tiré un rideau bleu sur la vitre du devant. Il était sept heures et quart à notre départ de Pall Mall et ma montre marquait neuf heures moins dix quand enfin nous nous sommes arrêtés. Mon compagnon baissa la glace et j'aperçus rapidement une entrée de porte cintrée au-dessus de laquelle brûlait une lampe. Pendant qu'on me poussait vivement hors de la voiture, la porte s'est ouverte et je me suis trouvé à l'intérieur de la maison, avec la vague impression d'une pelouse et d'arbres aperçus de chaque côté de moi en entrant. Qu'il s'agît là, toutefois, de la vraie campagne, ou d'une propriété privée, c'est plus que je ne pourrais m'aventurer à en dire.

«Il y avait à l'intérieur une lampe de couleur dont la lumière était tellement baissée que je ne pus rien voir, sauf que le vestibule était assez grand et orné de tableaux. Dans la lumière vague je pus me rendre compte que la personne qui avait ouvert la porte était un homme entre deux âges, à l'air mesquin, aux épaules rondes. Lorsqu'il se tourna vers moi, le faible rayon de lumière me montra qu'il portait des lunettes.

– Est-ce là M. Melas, Harold? dit-il.

– Oui.

– Fort bien! Fort bien! Vous ne nous en voulez pas, monsieur Melas, j'espère. Mais nous ne pouvions nous en tirer sans vous. Si vous agissez honnêtement, vous ne le regretterez pas, mais si vous essayez d'user de quelque mauvais tour, que Dieu vous aide!

«Il parlait d'un ton nerveux, saccadé et, entre ses phrases, riait d'un rire étouffé; mais, quoi qu'il en fût, il m'inspirait plus de crainte que l'autre.

«– Que voulez-vous de moi? demandai-je.

«– Seulement que vous posiez quelques questions à un gentleman grec qui est chez nous en visite et que vous nous donniez ses réponses. Toutefois, n'en dites pas plus qu'on ne vous priera d'en dire, sans quoi – et de nouveau il se mit à rire –, mieux vaudrait pour vous n'être jamais né.

«Tout en parlant, il ouvrit une porte et me conduisit dans une pièce qui semblait meublée richement, mais, là encore, la seule lumière était fournie par une lampe unique à moitié baissée. Cette pièce était certainement vaste, et la façon dont, quand j'avançai, mes pieds s'enfoncèrent dans le tapis, m'en disait la richesse. J'aperçus des chaises de velours, une haute cheminée en marbre blanc et, sur un des côtés, quelque chose qui me parut être une collection d'armes japonaises. Il y avait une chaise, juste sous la lampe, et le plus vieux des deux hommes me fit signe de m'y asseoir. Le plus jeune nous avait quittés, mais il revint tout de suite par une autre porte, amenant un homme, vêtu d'une espèce d'ample robe de chambre, qui s'avança lentement vers nous. Lorsqu'il entra dans le cercle de faible lumière qui me permit de le voir plus distinctement, je frémis d'horreur à son aspect. D'une pâleur de mort et d'une maigreur effrayante, il avait les yeux saillants et brillants de celui dont le courage est plus grand que la force. Mais ce qui me frappa plus que les signes de sa faiblesse physique, ce fut que son visage était sillonné de bandes de sparadrap et qu'il en avait un large morceau sur la bouche.

«– As-tu l'ardoise, Harold? cria le vieux, tandis que cet être étrange tombait, plutôt qu'il ne s'asseyait, sur une chaise. Ses mains sont-elles libres? Maintenant, donne-lui le crayon. Vous allez poser les questions, monsieur Melas, et il écrira les réponses. Demandez-lui tout d'abord s'il est préparé à signer les papiers.

«Les yeux de l'homme flamboyèrent.

«*Jamais!* écrivit-il en grec sur l'ardoise.

«– À n'importe quelles conditions? demandai-je par ordre du tyran.

«"– Seulement si je la vois mariée en ma présence par un prêtre grec que je connais."

«L'homme, de nouveau, se mit à rire d'un rire venimeux.

«– Vous savez ce qui vous attend, alors?

«"– Je ne m'en soucie pas pour moi-même."

«Ce sont là des échantillons des questions et des réponses qui constituèrent notre étrange conversation mi-parlée, mi-écrite. Plusieurs fois, je dus lui demander s'il voulait céder et signer les documents et chaque fois j'obtins la même réponse indignée. Mais, bien vite, une heureuse pensée me vint. Je me mis à ajouter à chaque question quelques petites phrases de mon cru, insignifiantes, d'abord, pour m'assurer si l'un ou l'autre de mes compagnons se rendait compte de quelque chose, puis, comme je constatais qu'ils ne réagissaient pas, j'ai joué un jeu plus dangereux. Notre conversation se déroula à peu près comme ceci:

«– Vous ne pouvez rien gagner par cet entêtement. *Qui êtes-vous?*

«"– Ça m'est égal. *Je suis un étranger à Londres.*"

«– Vous-même serez la cause de votre mauvais destin. *Depuis quand êtes-vous ici?*

«"– Qu'il en soit ainsi! *Trois semaines.*"

«– La propriété ne pourra jamais être à vous. *De quoi souffrez-vous?*

«"– Elle n'ira pas à des canailles. *Ils me font mourir de faim.*"

«– Vous serez libre, si vous signez. *Quelle est cette maison?*

«"– Je ne signerai jamais. *Je n'en sais rien.*"

«– Ce n'est pas lui rendre service, à elle. *Quel est votre nom?*

«"– Que je l'entende, elle, me le dire. *Kratidès.*"

«– Vous la verrez, si vous signez. *D'où venez-vous?*

«"– Alors je ne la verrai jamais. *D'Athènes.*"

«Cinq minutes encore, monsieur Holmes, et je lui aurais ainsi soutiré toute l'histoire sous leur nez. La question même que j'allais poser aurait pu éclairer toute l'affaire, mais, à cet instant, la porte s'ouvrit et une femme s'avança dans la pièce. Je n'ai pas pu la voir assez nettement pour savoir autre chose que ceci: elle était grande et gracieuse, avait des cheveux noirs, et elle portait une espèce d'ample robe de chambre blanche.

«– Harold! dit-elle, dans un anglais incorrect. Je n'ai pas pu demeurer plus longtemps. Je suis si seule là-haut avec seulement... Ô mon Dieu, c'est Paul!

«Ces derniers mots furent dits en grec, et, au même instant l'homme, en un violent effort, arrachait l'emplâtre de ses lèvres et en criant bien haut: "Sophie! Sophie!" se précipitait dans les bras de la femme. Leur étreinte, toutefois, ne dura qu'un instant, car le jeune homme saisit la femme et la poussa hors de la pièce, cependant que l'autre maîtrisait sans difficulté sa victime émaciée et l'entraînait dehors par l'autre porte. Un instant je suis resté seul dans la pièce; je me levai vivement, avec la vague idée que je pourrais, d'une manière ou d'une autre, obtenir quelque indication concernant la maison où je me trouvais. Par bonheur, cependant, je ne bougeai pas, car, en levant les yeux, je vis que le plus vieux des deux hommes se tenait dans l'encadrement de la porte, les yeux fixés sur moi.

«– Cela suffit, monsieur Melas, dit-il, vous voyez que nous avons fait de vous le confident d'affaires qui nous sont toutes personnelles. Nous ne vous aurions pas dérangé si notre ami qui parle grec et qui a entamé ces négociations n'avait pas été forcé de retourner en Orient. Il était indispensable que nous trouvions quelqu'un pour le remplacer, et nous avons eu la chance d'entendre parler de vos capacités.

«Je m'inclinai.

«– Voici cinq souverains, dit-il en s'avançant vers moi. Ce seront, je l'espère, des honoraires suffisants. Mais n'oubliez pas! ajouta-t-il en me tapant légèrement sur la poitrine et en riant. Si vous parlez de cela à âme qui vive – faites bien attention: à âme qui vive –, que Dieu ait pitié de votre âme.

«Je ne saurais vous dire la répugnance et l'horreur que m'inspirait cet individu à l'air insignifiant. Ses traits étaient saillants et ternes, sa petite barbe en pointe, maigre et filasse. Il jetait la tête en avant tout en parlant, et ses lèvres et ses yeux se contractaient sans arrêt comme ceux d'un homme qui a la danse de Saint-Guy. Je n'ai pu m'empêcher de croire que cet étrange petit rire saccadé était aussi le symptôme d'une maladie nerveuse. La terreur qu'inspirait son visage résidait en ses yeux d'un gris d'acier, dont l'éclat était froid, et la cruauté inexorable en leur profondeur.

«– Nous saurons si vous parlez de tout cela, dit-il. Nous avons nos moyens d'information à nous. Maintenant, vous trouverez la voiture qui vous attend et mon ami vous accompagnera.

«On me fit traverser rapidement le vestibule et on me poussa dans le véhicule; un instant encore, je pus apercevoir les arbres et le jardin. M. Latimer était sur mes talons et prit place en face de moi sans mot dire. Ce fut de nouveau, dans un profond silence, la course interminable, glaces levées, et enfin, juste après minuit, la voiture s'arrêta.

«– Vous descendrez ici, monsieur Melas, fit mon compagnon. Je regrette de vous laisser si loin de chez vous, mais je ne puis faire autrement. Toute tentative de votre part pour suivre la voiture n'aboutirait qu'à un malheur pour vous-même.

«Ce disant, il ouvrit la portière, et j'avais à peine eu le temps de sauter dehors, que déjà le cocher fouettait son cheval et que la voiture s'éloignait avec bruit. Je regardai autour de moi, étonné. J'étais sur une sorte de terrain vague couvert de bruyère avec, çà et là, les taches plus claires de genêts épineux. Au-delà s'étendait une rangée de maisons avec, de loin en loin, une lumière aux fenêtres d'en haut. De l'autre côté, j'apercevais les signaux lumineux d'une ligne de chemin de fer.

«La voiture qui m'avait amené était déjà hors de vue; je restais là à regarder autour de moi et à me demander où diable je pouvais être, quand je vis quelqu'un qui se dirigeait vers moi dans l'obscurité. Quand il s'approcha, je reconnus un employé de chemin de fer.

«– Pouvez-vous me dire quel est cet endroit? demandai-je.

«– Les terrains communaux de Wandworth, dit-il.

«– Puis-je attraper un train pour Londres?

«– Si vous allez jusqu'à Clapham Junction – il y a à peu près un mile –, vous arriverez juste pour le dernier train qui va à Victoria.

«Ce fut là la fin de mon aventure, monsieur Holmes. Je ne sais ni où j'ai été, ni à qui j'ai parlé; rien de plus que ce que je vous ai dit. Mais je sais qu'il se trame du vilain, et je voudrais secourir ce malheureux, si je le puis. J'ai raconté toute l'histoire à M. Mycroft Holmes le lendemain matin, puis ensuite à la police.»

Après ce récit extraordinaire, nous demeurâmes silencieux quelque temps. Puis Sherlock Holmes dit, en regardant son frère:

– Tu as fait quelque chose?

Mycroft ramassa le *Daily News* sur une table à côté:

Récompense à qui fournira des renseignements sur un monsieur grec nommé Paul Kratidès, originaire d'Athènes, et qui ignore l'anglais. Pareille récompense sera donnée à qui fournira des renseignements sur une dame grecque dont le petit nom est Sophie. X. 2473.

– L'annonce est dans tous les quotidiens. Pas de réponse.

– Et à l'ambassade de Grèce?

– Je me suis informé. Ils ne savent rien.

– Un télégramme, alors, au chef de la police d'Athènes?

– Sherlock a accaparé toute l'énergie de la famille, dit Mycroft, en se tournant vers moi. Eh bien, prends donc l'affaire en main, je t'en prie, et fais-moi savoir si tu en tires quelque chose de bon.

– Certainement, répondit mon ami, en se levant. Je t'en informerai, et M. Melas aussi. En attendant, monsieur Melas, à votre place, je me tiendrais sur mes gardes, car il est évident qu'ils savent par cette annonce que vous les avez trahis.

En rentrant chez nous, Holmes s'arrêta à un bureau de poste pour expédier plusieurs dépêches.

– Vous voyez, Watson, remarqua-t-il, que notre soirée n'a nullement été perdue. Quelques-unes de mes affaires les plus intéressantes me sont ainsi venues grâce à Mycroft. Le problème que nous venons d'écouter, bien qu'on n'y puisse trouver qu'une seule explication, a pourtant quelques traits caractéristiques.

– Vous espérez le résoudre?

– Eh bien, sachant tout ce que nous savons, il serait étrange que nous manquions de découvrir le reste. Vous devez, vous-même, avoir conçu une théorie qui explique les faits que nous avons entendus.

– D'une façon assez vague, oui.

– Et quelle est donc votre idée?

– Il m'a paru évident que cette jeune Grecque a été enlevée par le jeune Anglais qu'on appelle Harold Latimer.

– Enlevée d'où?

– D'Athènes, peut-être.

Sherlock hocha la tête.

– Ce jeune homme, Harold, ne savait pas un mot de grec. La dame savait assez bien l'anglais. Déduction: la jeune femme a été quelque temps en Angleterre, mais lui n'a jamais été en Grèce.

– D'accord, alors nous supposerons qu'elle est venue visiter l'Angleterre et que ce Harold l'a persuadée de fuir avec lui.

– Voilà qui est plus probable.

– Alors le frère – car tel doit être, j'imagine, leur degré de parenté – vient de Grèce pour s'en mêler. D'imprudente façon, il tombe au pouvoir du jeune homme et de son associé plus âgé. Ils s'emparent de lui, et emploient la violence pour lui faire signer des papiers qui transfèrent à leur nom la fortune de la jeune fille, fortune dont il est peut-être le dépositaire. Il s'y refuse. Pour négocier, il leur faut un interprète et ils font choix de ce M. Melas, après en avoir employé un autre. À la jeune fille, on ne dit rien de l'arrivée de son frère et c'est tout à fait par hasard qu'elle le découvre.

– Excellent, Watson! J'imagine vraiment que vous n'êtes pas loin de la vérité. Vous voyez que nous avons toutes les cartes en main et que nous n'avons à redouter qu'un acte quelconque de violence de leur part. S'ils nous en donnent le temps, nous devons leur mettre la main dessus.

– Mais comment découvrir où se trouve cette maison?

– Bah! Si notre supposition est juste et si le nom de la jeune fille est, ou était, Sophie Kratidès, nous ne devrions avoir aucune difficulté à la retrouver. C'est là notre principal espoir, car le frère, naturellement, est tout à fait inconnu. Il est clair que quelque temps déjà s'est écoulé depuis que ce Harold est entré en relation avec la jeune personne – quelques semaines, en tout cas – puisque le frère, qui était en Grèce, a eu le temps d'en être informé et de venir. S'ils ont habité ce même endroit pendant ce temps-là, il est probable qu'on répondra à l'annonce de Mycroft.

Tout en causant, nous étions parvenus à notre logis de Baker Street. Holmes monta l'escalier le premier et, quand il ouvrit la porte, il tressaillit de surprise. En regardant par-dessus son épaule, je ne fus pas moins étonné: son frère Mycroft était assis dans un fauteuil et fumait paisiblement.

– Entre, Sherlock! Entrez, monsieur, dit-il doucement, en souriant de nos airs étonnés. Tu n'attendais pas tant d'énergie de ma part, hein, Sherlock? Mais, je ne sais pourquoi, cette affaire me fascine!

– Comment es-tu venu ici?

– Je vous ai dépassés en fiacre.

– Il y a quelque chose de nouveau?

– J'ai eu une réponse à mon annonce.

– Ah?

– Oui, elle est arrivée quelques minutes après votre départ.

– Et que dit-elle?

Mycroft sortit une feuille de papier.

– La voici, écrite avec une plume J, sur du papier crème royal, par un homme d'âge moyen et de faible constitution:

«*Monsieur,* dit-il, *en réponse à votre annonce de ce jour, j'ai l'honneur de vous informer que je connais très bien la jeune dame dont il s'agit. S'il vous plaisait de me rendre visite, je pourrais vous donner quelques détails concernant sa pénible histoire. Elle demeure à présent aux "Myrtes" Beckenham. Respectueusement. J. Davenport.*

«Il écrit de Brixton, dit Mycroft. Ne crois-tu pas que nous pourrions y aller maintenant et nous informer de ces détails?

– Mon cher Mycroft, la vie du frère est plus précieuse que l'histoire de la sœur. Je crois que nous devons aller chercher l'inspecteur Gregson à Scotland Yard et nous rendre directement à Beckenham. Nous savons qu'on est en train de faire mourir un homme et chaque heure peut être d'importance vitale.

– Il vaudrait mieux prendre M. Melas en passant, suggérai-je. Nous pourrions avoir besoin d'un interprète.

– Excellente idée! dit Sherlock. Envoyez le garçon chercher un landau et nous filerons tout de suite. (Il ouvrit le tiroir de la table et je remarquai qu'il glissait son revolver dans sa poche.) Oui, dit-il, répondant à mon regard, d'après ce que nous avons entendu, j'ose dire que nous avons affaire à une bande particulièrement dangereuse.

Il faisait presque noir avant que nous n'arrivions à Pall Mall, dans la chambre de M. Melas. Un monsieur était venu le demander et il était parti:

– Pouvez-vous me dire où? demanda Mycroft.

– Je ne sais pas, répondit la femme qui nous avait ouvert la porte, je sais seulement qu'il est parti en voiture avec le monsieur.

– Ce monsieur a-t-il donné un nom?

– Non, monsieur.

– Ce n'était pas un jeune homme grand, beau et noir de cheveux?

– Oh! non, monsieur, c'était un monsieur petit, avec des lunettes, une figure maigre, mais de manières agréables, car il riait tout le temps qu'il parlait.

– Filons! s'écria Sherlock brusquement.

– Cela devient sérieux! remarqua-t-il, en voiture, pendant que nous nous rendions à Scotland Yard. Ces individus tiennent de nouveau M. Melas. C'est un homme qui n'a pas de courage physique, ainsi qu'ils ont pu s'en rendre compte par leur expérience de l'autre nuit. Cette canaille a pu le terroriser dès l'instant qu'elle s'est trouvée en sa présence. Sans doute ont-ils besoin de ses services professionnels; mais après s'être servis de lui, ils auront peut-être envie de le punir de ce qu'ils considèrent comme sa perfidie.

Nous espérions qu'en prenant le train il nous serait possible d'arriver à Beckenham aussi tôt ou plus tôt que la voiture. Mais, arrivés à Scotland Yard, il nous fallut plus d'une heure pour joindre l'inspecteur Gregson et pour remplir les formalités légales qui nous permettraient de pénétrer dans la maison. Il était dix heures moins le quart passées quand nous atteignîmes la gare de London Bridge et dix heures et demie quand, tous les quatre, nous sautâmes sur le quai de Beckenham. Une course en voiture d'un demi-mile nous amena aux «Myrtes», une grande maison sombre qui s'élevait, en retrait de la rue, au milieu d'une propriété. Là, nous renvoyâmes notre voiture et nous remontâmes l'allée.

– Toutes les fenêtres sont noires, remarqua l'inspecteur. La maison paraît abandonnée.

– Nos oiseaux se sont envolés, le nid est vide, dit Holmes.

– Pourquoi dites-vous cela?

– Une voiture chargée de lourds bagages est sortie d'ici il y a une heure.

L'inspecteur rit.

– J'ai vu, dit-il, les traces de roues à la lumière de la lampe du portail, mais qu'est-ce que des bagages viennent faire là-dedans?

– Vous avez pu observer les mêmes traces de roues allant en sens inverse; or, les traces en direction de l'extérieur étaient bien plus profondes, si profondes que nous pouvons dire avec certitude que la voiture portait un chargement considérable.

– Là, je ne vous suis plus tout à fait, fit l'inspecteur en haussant les épaules. Cette porte ne sera pas facile à forcer. Mais voyons déjà si nous pouvons nous faire entendre de quelqu'un.

Il frappa lourdement avec le marteau de la porte, puis tira sur la sonnette, mais sans succès. Holmes avait disparu tout doucement; il revint au bout de quelques minutes.

– J'ai ouvert une fenêtre, dit-il.

– C'est un bonheur que vous soyez du côté de la police et non contre elle, monsieur Holmes, remarqua l'inspecteur, en se rendant compte de l'habile manière dont mon ami avait forcé, puis repoussé la fermeture. Eh bien! Je crois que, étant donné les circonstances, nous pouvons entrer sans attendre d'y être invités.

L'un après l'autre nous entrâmes dans une grande pièce qui était évidemment celle dans laquelle M. Melas était venu. L'inspecteur avait allumé sa lanterne et, à sa lumière, nous pûmes voir les deux portes, le rideau, la lampe et la collection d'armes japonaises qu'il nous avait décrits. Sur la table il y avait une bouteille d'eau-de-vie vide, deux verres et les reliefs d'un repas.

– Qu'est-ce qu'on entend? demanda tout à coup Holmes.

Nous ne bougeâmes plus et écoutâmes. Le bruit d'une plainte basse nous arrivait de quelque part au-dessus de nos têtes. Holmes se précipita vers la porte et passa dans le vestibule. Le geignement lugubre venait bien d'en haut. Il s'élança dans l'escalier avec l'inspecteur et moi-même sur ses talons, tandis que son frère Mycroft suivait, aussi rapidement que le lui permettait sa corpulence.

Au second étage, trois portes nous faisaient face et c'était de celle du milieu que sortaient les bruits sinistres qui, parfois, s'abaissaient jusqu'à n'être plus qu'un marmottement sourd et, parfois, s'élevaient de nouveau en une plainte aiguë. La porte était fermée, mais la clé était à l'extérieur. Holmes l'ouvrit brusquement et se précipita dans la chambre, pour en sortir tout de suite, la main à la gorge.

– C'est du charbon de bois! s'écria-t-il. Un moment! ça va se dissiper.

En jetant un regard, nous pûmes voir que la seule lumière de la chambre venait d'une flamme bleue qui montait, vacillante, d'un trépied en laiton placé au milieu. Elle projetait sur le plancher un cercle étrange et livide, et, dans les recoins sombres, plus loin, nous apercevions deux silhouettes vagues, tassées contre le mur. Par la porte ouverte s'écoulaient des exhalaisons de poison qui nous firent haleter et tousser. Holmes, quatre à quatre, courut jusqu'en haut de l'escalier pour faire entrer de l'air frais, puis, se précipitant dans la pièce, il en ouvrit vivement la fenêtre et jeta dans le jardin le trépied de laiton.

– Nous pourrons entrer dans une minute, murmura-t-il en ressortant en hâte. Où y a-t-il une bougie? Je doute que nous puissions frotter une allumette dans cette atmosphère. Tenez la lumière à la porte et nous les sortirons. Allons, Mycroft!

D'un bond nous fûmes auprès des prisonniers et les traînâmes jusqu'au palier. Tous les deux avaient les lèvres bleues et tous deux étaient sans connaissance; dans leurs faces congestionnées, les yeux s'exorbitaient. En fait, leurs traits étaient si décomposés que, sans sa barbe noire et sa forte carrure, nous n'aurions pu reconnaître en l'un d'eux l'interprète grec qui nous avait quittés quelques heures plus tôt seulement, au club Diogène. Ses mains et ses pieds étaient solidement attachés ensemble et il portait sur un œil les traces d'un coup violent. L'autre, garrotté de la même façon, était un homme de grande taille, arrivé au dernier degré d'émaciation; plusieurs morceaux de sparadrap étaient disposés de grotesque façon sur son visage. Il avait cessé de se plaindre quand nous le déposâmes sur le palier et un coup d'œil me montra que, pour lui du moins, notre aide était venue trop tard. M. Melas, cependant, vivait encore et, en moins d'une heure, grâce à l'ammoniac et à l'eau-de-vie, j'eus la satisfaction de le voir ouvrir les yeux et de savoir que ma main l'avait arraché à la sombre vallée où toutes les voies se rencontrent.

L'histoire qu'il avait à nous dire était bien simple et elle ne fit que confirmer nos propres déductions. Son visiteur, en entrant chez lui, avait tiré un casse-tête de sa manche et lui avait inspiré une telle crainte d'une mort immédiate et inévitable, qu'il l'avait enlevé une seconde fois. À vrai dire, c'était presque un effet magnétique que la ricanante canaille avait produit sur le malheureux linguiste, car lorsqu'il en parlait, ses mains tremblaient et ses joues blêmissaient. On l'avait emmené rapidement à Beckenham et il avait rempli son rôle d'interprète dans une seconde entrevue, plus dramatique encore que la première, au cours de laquelle les deux Anglais avaient menacé leur victime d'une mort immédiate si elle n'accédait pas à leur demande. Enfin, trouvant qu'aucune menace ne pouvait l'ébranler, ils avaient rejeté l'homme dans sa prison. Ils avaient alors reproché à M. Melas sa perfidie, rendue manifeste par l'annonce des journaux; ils l'avaient assommé d'un coup de bâton et il ne se souvenait plus de rien jusqu'au moment où il me trouva penché sur lui.

Telle fut l'affaire de l'interprète grec, dont l'explication est encore entourée d'un certain mystère. Nous avons pu découvrir, en nous mettant en rapport avec le monsieur qui avait répondu à l'annonce, que la malheureuse jeune fille, appartenant à une riche famille grecque, était venue en visite chez des amis en Angleterre. Pendant son séjour chez eux, elle avait rencontré un jeune homme du nom de Harold Latimer qui avait pris sur elle un grand ascendant et l'avait, plus tard, persuadée de fuir avec lui. Les amis de la jeune femme, indignés de sa conduite, s'étaient contentés d'en informer son frère à Athènes et s'étaient lavé les mains de l'affaire. Le frère, dès son arrivée en Angleterre, s'était imprudemment mis au pouvoir de Latimer et de son complice, un nommé Wilson Kemp, homme aux antécédents exécrables. Ces deux canailles, découvrant que, grâce à son ignorance de l'anglais, le jeune homme se trouvait à leur merci, l'avaient tenu prisonnier et s'étaient efforcés, par la cruauté et la faim, de lui faire signer l'abandon de ses propres biens et de ceux de sa sœur. Ils l'avaient gardé dans la maison à l'insu de la jeune fille et le sparadrap sur son visage servait à le rendre plus difficilement reconnaissable au cas où elle l'aurait aperçu. Toutefois, sa sensibilité féminine avait tout de suite percé à jour ce déguisement lorsque, durant la visite de l'interprète, elle l'avait vu pour la première fois. La pauvre fille, cependant, était elle-même prisonnière, car il n'y avait personne d'autre dans la maison en dehors de l'homme qui servait de cocher et de sa femme, qui, tous deux, étaient complices. Quand ils eurent découvert que leur secret était connu et qu'ils ne pourraient venir à bout de leur prisonnier par la contrainte, les deux canailles s'étaient enfuies, sans tarder un instant, de la maison meublée qu'ils avaient louée, non sans s'être d'abord vengés, à ce qu'ils pensaient du moins, de l'homme qui les avait défiés aussi bien que de celui qui les avait trahis.

Un mois plus tard, une curieuse coupure de journal nous parvint de Budapest. Elle rapportait la fin tragique de deux Anglais qui voyageaient avec une femme. Tous deux avaient été poignardés, paraît-il, et la police hongroise pensait qu'au cours d'une querelle ils s'étaient réciproquement infligé des blessures mortelles. Holmes, cependant, est, je crois, d'un avis différent et il estime encore aujourd'hui que si l'on pouvait retrouver la jeune Grecque, on pourrait apprendre comment furent vengés tous les maux qu'ils avaient eu à endurer, elle et son frère.

UNE AFFAIRE D'IDENTITÉ

Mon cher, me dit Sherlock Holmes, un jour que nous étions assis de chaque côté du feu dans son appartement de Baker Street, la vie est infiniment plus étrange que tout ce que l'esprit de l'homme peut imaginer. Nous n'oserions jamais concevoir des choses qui ne sont pourtant en réalité, dans l'existence, que de vulgaires lieux communs. Si nous pouvions nous envoler par cette fenêtre et, la main dans la main, planer au-dessus de cette grande ville pour écarter doucement les toits et jeter un regard sur les choses bizarres qui se déroulent, sur les coïncidences étranges, sur les projets, les contre-projets, sur le merveilleux enchaînement des événements, mûris pendant des générations pour aboutir aux résultats les plus excessifs, alors toute espèce de fiction, avec ce qu'elle recèle de conventionnel et ses conclusions prévues, nous paraîtrait aussi fade qu'inutile.

– Je n'en suis pas tout à fait convaincu. Les affaires que les journaux mettent en lumière chaque jour sont, en général, assez ternes et vulgaires. Nous trouvons, dans les rapports de police, un réalisme poussé à ses extrêmes limites, et pourtant le résultat n'en est, il faut l'avouer, ni fascinant, ni artistique.

– Il faut faire preuve d'une certaine sélectivité et d'un certain jugement pour produire vite un effet d'art, remarqua Holmes. C'est ce qui manque dans les rapports de police; l'on y insiste plus sur les platitudes du magistrat que sur les détails qui, pour un observateur, contiennent l'essentiel de l'affaire. Soyez-en sûr, il n'y a rien de si extraordinaire que le banal.

Je souris en hochant la tête.

– Je comprends que telle soit votre opinion. Naturellement, de par votre position de conseiller officieux et secourable des gens qui, sur trois continents, ne savent plus à quel saint se vouer, vous vous trouvez en contact avec tout ce qu'il y a d'étrange et de bizarre. Mais livrons-nous à une expérience pratique (ce disant, je ramassai un journal du matin sur le plancher). Voici le premier titre d'article sur lequel je tombe: «Un mari brutal». Il y a là une demi-colonne de texte, mais je sais, sans l'avoir lu, que tout son contenu m'est tout à fait familier. J'y trouverai, comme de juste, l'autre femme, l'ivrognerie, les mauvais traitements, les coups, les blessures, la sœur ou la propriétaire antipathiques. Le plus cru des écrivains ne pourrait rien inventer de plus sommaire.

– Ma foi, votre exemple est malheureux, dit Holmes en prenant le journal et en y jetant un coup d'œil. C'est l'instance en séparation des Dundas et il se trouve, par hasard, que je me suis occupé d'en éclaircir quelques points. Le mari ne buvait que de l'eau; il n'y avait pas d'autre femme, et ce dont l'épouse se plaignait c'était qu'il avait contracté l'habitude de terminer tous les repas en sortant de sa bouche son râtelier pour le lui lancer à la tête, et cela, vous en conviendrez, ce n'est vraisemblablement pas une action qui se présenterait à l'imagination d'un conteur ordinaire. Prenez une prise, docteur, et reconnaissez que je vous ai battu avec votre propre argument.

Il me tendit une tabatière en vieil or, dont le couvercle était incrusté d'une grosse améthyste. La splendeur de ce bijou contrastait tellement avec les façons familières et la vie simple de mon ami que je ne pus m'empêcher d'en faire la remarque.

– Ah! dit-il, j'oubliais que je ne vous ai pas vu depuis quelques semaines. C'est un petit souvenir du roi de Bohême en remerciement de l'aide que je lui ai apportée dans l'affaire des papiers d'Irène Adler.

– Et la bague? m'enquis-je, en regardant le brillant remarquable qui étincelait à son doigt.

– Il vient de la famille régnante de Hollande, encore que l'affaire où je leur ai rendu service soit tellement secrète que je ne peux même pas vous la confier, à vous qui avez pourtant eu la bonté de relater un ou deux de mes petits problèmes.

– En avez-vous un quelconque à l'étude en ce moment? demandai-je, intéressé.

– J'en ai quelque dix ou douze, mais il n'y en a aucun qui présente des caractères intéressants. Ils sont importants, comprenez-moi, sans être intéressants. À vrai dire, j'ai constaté que c'est d'ordinaire dans les choses sans importance qu'on trouve matière à cette observation et à cette analyse foudroyante des relations de cause à effet qui donnent du charme à une enquête. Les grands crimes ont tendance à être les plus simples car en général, plus le crime est grand, plus le mobile en est évident. Dans la douzaine d'affaires en question, à l'exception d'une, assez compliquée, qui m'a été soumise de Marseille, aucune ne présente des caractéristiques intéressantes. Il se peut toutefois que j'aie quelque chose de mieux avant longtemps, car voici une cliente pour moi, ou je me trompe beaucoup.

Il s'était levé et, debout entre les rideaux écartés, il considérait la rue, morne et grise. En regardant par-dessus son épaule, je vis, sur le trottoir d'en face, une forte femme, qui portait autour du cou un boa de plumes et sur la tête un chapeau à large bord agrémenté d'une grande plume rouge qui tombait coquettement sur le côté.

De dessous cette ample panoplie, elle regardait nos fenêtres. Nerveuse, hésitante, elle balançait son corps d'avant en arrière et ses doigts s'affairaient à boutonner ses gants. Soudain, plongeant en avant comme un nageur qui quitte la rive, elle se jeta à travers la rue et nous entendîmes le bruit aigrelet de notre sonnette.

– J'ai déjà vu ces symptômes-là, dit Holmes, jetant sa cigarette dans le feu. Cette façon de se balancer révèle toujours une affaire de cœur. Elle voudrait un conseil, mais elle se demande si l'affaire n'est pas trop délicate pour être confiée à quelqu'un; et même sur ce point-là on peut établir des distinctions. Quand une femme a été sérieusement offensée par un homme, elle ne se balance pas; le symptôme ordinaire, c'est un coup de sonnette à casser le cordon. Dans le cas présent, on peut admettre qu'il s'agit d'une affaire d'amour, mais que la jeune personne est moins fâchée qu'embarrassée ou triste; d'ailleurs, la voici qui vient en personne dissiper nos doutes.

À peine achevait-il, qu'on frappa à la porte et que le valet en livrée entra annoncer Mlle Marie Sutherland, en même temps que la dame elle-même apparaissait derrière lui, comme un grand voilier derrière un minuscule bateau-pilote. Sherlock Holmes l'accueillit avec l'aisance et la courtoisie qui le distinguaient. Après avoir fermé la porte et s'être incliné pour la prier de s'asseoir, il la considéra avec cette minutie et cet air de détachement qui lui étaient coutumiers.

– Ne trouvez-vous pas, dit-il, qu'avec votre myopie cela vous fatigue beaucoup de tant travailler à la machine à écrire?

– Au début oui, répondit-elle, mais à présent je sais où sont les lettres sans regarder.

Et soudain, comme elle se rendait compte de l'importance des paroles de mon ami, elle tressaillit vivement. Sa bonne grosse figure exprimait à la fois la crainte et l'étonnement. Elle leva les yeux:

– Vous avez entendu parler de moi, monsieur Holmes! s'écria-t-elle, sans cela, comment pourriez-vous être aussi renseigné?

– Peu importe, fit Holmes en riant, c'est mon métier de savoir. Peut-être me suis-je entraîné à voir ce que d'autres négligent. Autrement, seriez-vous venue me consulter?

– Je suis venue vers vous, monsieur, parce que j'ai entendu parler de vous par Mme Etherege dont vous avez si aisément retrouvé le mari alors que la police et tout le monde l'avaient cru mort. Oh! monsieur Holmes, je voudrais que vous en fassiez autant pour moi. Je ne suis pas riche, mais pourtant j'ai cent livres de revenu personnel par an, outre le peu que je gagne avec ma machine, et je donnerais tout pour savoir ce qu'est devenu M. Hosmer Angel.

– Pourquoi êtes-vous venue me consulter si précipitamment? demanda Sherlock Holmes, les extrémités de ses doigts réunies, les yeux au plafond.

De nouveau, un air d'étonnement profond se fit jour sur le visage assez peu expressif de Mlle Marie Sutherland.

– Oui, dit-elle, je suis sortie vivement de chez moi; cela m'irritait de voir la façon désinvolte dont M. Windbank – c'est-à-dire mon père – prenait la chose. Il ne voulait ni aller à la police ni venir vous voir, si bien qu'à la fin, puisqu'il refusait quoi que ce fût et ne cessait de répéter qu'il n'y avait aucun mal, je suis devenue comme folle et je me suis précipitée dehors telle que j'étais, et je suis venue tout droit vers vous.

– Votre père? Votre beau-père, sûrement, puisque son nom n'est pas le même que le vôtre.

– Oui, mon beau-père. Je l'appelle mon père, bien que cela semble drôle, car il n'a que cinq ans et deux mois de plus que moi.

– Et votre mère est vivante?

– Oh oui, ma mère est vivante et en bonne santé! Je n'étais pas très enchantée, monsieur Holmes, quand, sitôt après la mort de mon père, elle s'est remariée avec un homme qui avait presque quinze ans de moins qu'elle. Mon père était plombier dans Tottenham Court Road et il a laissé une affaire prospère que ma mère a continuée avec M. Hardy, le contremaître; mais quand M. Windbank est venu, il lui a fait vendre l'affaire, car c'était, lui, un homme supérieur, en raison de son état de représentant en vins! On a eu quatre mille sept cents livres du pas-de-porte et du stock, ce qui était loin de ce que mon père en aurait tiré, s'il avait été vivant.

Je m'attendais à voir Sherlock Holmes s'impatienter de ce récit décousu et futile, mais il l'écoutait, au contraire, avec une attention profonde et concentrée.

– Le petit revenu qui vous est personnel, demanda-t-il, vous vient-il des affaires de la maison?

– Oh! non, monsieur. Il est tout à fait distinct. Il vient de fonds néo-zélandais qui rapportent quatre et demi pour cent. Le capital en était de deux mille cinq cents livres, mais je n'en puis toucher que les intérêts.

– Vous m'intéressez extrêmement. Mais puisque vous en tirez cent livres par an, en ajoutant ce que vous gagnez, vous pouvez sans doute voyager un peu et satisfaire vos caprices. Je crois qu'une dame seule peut vivre très agréablement sur un revenu d'environ soixante livres.

– Je me contenterais de beaucoup moins, monsieur Holmes, mais vous comprendrez qu'aussi longtemps que je demeurerai à la maison, je ne veux pas être à la charge des miens; ils ont donc cet argent à leur disposition tant que je suis avec eux. Bien entendu, ce n'est que pour ce temps-là. M. Windbank touche mes revenus tous les trimestres et les remet à ma mère; quant à moi, je m'arrange fort bien avec ce que je gagne par ma dactylographie. Cela me rapporte quatre sous à la feuille et j'arrive souvent à faire de douze à quinze feuilles par jour.

– Vous m'avez expliqué nettement votre situation. Monsieur est mon ami, le Dr Watson. Vous pouvez parler devant lui aussi librement que devant moi-même. Ayez donc la bonté de nous dire tout ce qui concerne vos rapports avec M. Hosmer Angel.

Une légère rougeur passa sur le visage de Mlle Sutherland; nerveusement elle tira sur le bord de sa jaquette.

– Je l'ai rencontré pour la première fois au bal des employés du gaz. Ils envoyaient des cartes à mon père quand il vivait et, plus tard, ils ne nous ont pas oubliées et ils les ont adressées à ma mère et à moi. M. Windbank ne souhaitait pas que nous y allions. Il ne souhaitait pas que nous allions n'importe où. Il entrait en fureur même si c'était à une fête de l'école du dimanche que je voulais aller. Mais cette fois-là, j'étais résolue à y aller, et je tins bon, car de quel droit m'en aurait-il empêchée? Il disait que ces gens n'étaient pas la société qui nous convenait, alors même que tous les amis de mon père s'y trouvaient. Il disait aussi que je n'avais rien à me mettre, alors que j'avais mon costume de peluche rouge que je n'avais même encore jamais sorti du tiroir. À la fin, voyant que rien ne viendrait à bout de ma détermination, il est parti pour la France, afin d'y traiter des affaires pour sa firme. Ma mère et moi sommes allées au bal avec M. Hardy, l'ancien contremaître, et c'est là que j'ai rencontré M. Hosmer Angel.

– Je suppose que lorsque M. Windbank rentra de France, il fut fort contrarié que vous soyez allées au bal?

– Oh! Eh bien, il l'a très bien pris. Je me rappelle qu'il a ri, haussé les épaules et déclaré que ça ne servait à rien de refuser quoi que ce soit à une femme, car elle faisait toujours à sa tête.

– Je vois. Alors à ce bal, vous avez rencontré un monsieur nommé Hosmer Angel?

– Oui, monsieur; je l'ai rencontré ce soir-là, et le lendemain il nous a rendu visite pour s'assurer que nous étions bien rentrées; après cela, nous l'avons rencontré – c'est-à-dire, monsieur Holmes, moi, je l'ai rencontré deux fois, et nous sommes sortis ensemble; mais ensuite mon père est revenu, et M. Hosmer Angel n'a plus pu venir chez nous.

– Vraiment?

– Mon père, voyez-vous, n'aimait pas cela. Il ne désirait pas recevoir la moindre visite, s'il pouvait s'en dispenser, et il ne cessait de répéter qu'une femme doit être heureuse dans sa propre famille. Mais, comme je le disais à ma mère, une femme doit songer à fonder sa propre famille pour commencer et je n'avais pas encore la mienne.

– Et M. Hosmer Angel? N'essayait-il pas de vous voir?

– Mon père allait retourner en France huit jours plus tard et Hosmer m'a écrit pour me dire qu'il vaudrait mieux ne pas nous revoir tant qu'il ne serait pas parti; ce serait plus sûr. Nous pouvions correspondre dans l'intervalle, et il m'écrivait tous les jours. Je prenais les lettres moi-même le matin, de sorte que mon père n'en savait rien.

– Êtiez-vous fiancée à ce monsieur à ce moment-là?

– Oh, oui! monsieur Holmes; nous nous sommes fiancés après notre première sortie ensemble. Hosmer – M. Angel – était caissier dans une maison de Leadenhall Street et...

– Quelle maison?

– Voilà le malheur, M. Holmes, je n'en sais rien.

– Où demeurait-il, alors?

– Il était logé.

– Et vous ne savez pas son adresse?

– Non, sauf que c'était dans Leadenhall Street.

– Où adressiez-vous vos lettres, alors?

– Poste restante, à la poste de cette rue. Il prétendait que si mon courrier lui était adressé à son bureau, ses collègues le taquineraient parce qu'il recevait des lettres d'une dame; j'ai proposé de taper mes lettres à la machine, comme lui-même tapait les siennes, mais il n'a pas voulu, car, disait-il, quand je les écrivais à la main, elles paraissaient bien émaner de moi, mais quand elles étaient tapées, il avait toujours l'impression que la machine venait s'interposer entre nous. Cela vous montre, monsieur Holmes, combien il m'aimait, cette façon dont il se préoccupait de choses sans importance.

– Très juste. Ç'a toujours été un de mes axiomes, que les petites choses sont de loin les plus importantes. Pouvez-vous vous rappeler quelque autre détail concernant M. Hosmer Angel?

– Il était très timide, monsieur Holmes. Il aimait mieux sortir avec moi le soir que dans la journée, car il détestait, disait-il, se faire remarquer. C'était un homme d'allure discrète, sa voix même était douce. Il avait eu, dans son enfance, m'a-t-il dit, une violente inflammation des amygdales dont il lui était resté dans la gorge une faiblesse, et dans la voix une hésitation et une sorte de voile qui l'assourdissait. Il était toujours bien habillé, très convenablement et très simplement, mais sa vue, comme la mienne, était faible, et il portait contre la lumière vive des verres teintés.

– Bien. Et que s'est-il passé quand M. Windbank, votre beau-père, est retourné en France?

– M. Hosmer Angel est revenu chez nous et a proposé que nous nous mariions avant le retour de mon père. Il était tout ce qu'il y a de plus sérieux et il m'a fait jurer sur la Bible que, quoi qu'il arrivât, je lui serais toujours fidèle. Ma mère disait qu'il avait raison de me faire jurer, que c'était de sa part une preuve de passion. Ma mère a toujours été pour lui depuis le début, et elle l'aimait même plus que moi. Alors, quand ils ont commencé à parler de mariage dans la semaine même, j'ai, moi, parlé de mon père; mais l'un et l'autre ont dit que je n'avais pas à m'occuper de mon père, qu'on le lui dirait après, et ma mère déclara qu'elle arrangerait cela avec lui. Tout cela ne me convenait pas, monsieur Holmes. Certes, il me semblait bizarre d'avoir à lui demander son consentement, car il n'était mon aîné que de quelques années, mais je ne voulais rien faire en cachette; j'écrivis donc à mon père à Bordeaux, où la société qu'il représente a ses bureaux, mais la lettre m'est revenue le matin même du mariage.

– Elle ne l'a donc pas touché?

– Non; il était reparti pour l'Angleterre juste avant qu'elle n'arrive.

– Pas de chance! Votre mariage fut donc arrangé pour le vendredi. Devait-il avoir lieu à l'église?

– Oui, monsieur, mais tout à fait dans l'intimité. Il devait être célébré à l'église du Sauveur, près de King's Cross, et nous devions ensuite déjeuner à l'hôtel St. Pancrace. Hosmer est venu nous chercher en fiacre, mais comme nous étions deux, ma mère et moi, il nous y a installées, et lui-même est monté dans une voiture à quatre roues qui se trouvait par hasard être le seul véhicule qu'il y eût dans la rue. Nous sommes arrivées les premières à l'église, et quand l'autre voiture s'est approchée, nous avons attendu qu'Hosmer en sortît, mais il ne se montra pas, et quand le cocher fut descendu de son siège et eut regardé dedans, il n'y avait personne à l'intérieur. Le cocher dit qu'il ne comprenait pas ce qu'il avait pu devenir, car il l'avait bien vu entrer, de ses propres yeux. Cela se passait vendredi dernier, monsieur Holmes, et depuis je n'ai rien vu, rien entendu dire, qui puisse jeter quelque lumière sur sa disparition.

– Il me semble que c'est honteux, cette façon de vous traiter.

– Oh! non, monsieur! Il était trop bon, trop affectueux pour m'abandonner ainsi. Toute la matinée, ce jour-là, il n'a cessé de me dire que, quoi qu'il arrive, je devrais lui rester fidèle, et que, même s'il survenait quelque chose d'imprévu qui nous sépare, je devrais toujours me rappeler que je lui étais fiancée et que, tôt ou tard, il viendrait réclamer son gage. Cela me paraissait étrange qu'il parlât ainsi le matin du mariage, mais ce qui est arrivé depuis donne un sens à ses paroles.

– Très certainement. Votre opinion est donc qu'il a été victime d'une catastrophe imprévue?
– Oui, monsieur, je crois qu'il pressentait quelque danger, sans quoi il n'aurait pas parlé ainsi, et il me semble que ce qu'il appréhendait est arrivé.
– Mais vous n'avez aucune idée de ce que cela pouvait être?
– Aucune.
– Une question encore. Comment votre mère a-t-elle pris la chose?
– Elle était très en colère et m'a dit qu'il ne fallait jamais plus en parler.
– Et votre père? L'en avez-vous informé?
– Oui, et il a paru penser, comme moi, que quelque chose était arrivé et que j'entendrais encore parler d'Hosmer. Comme il l'a dit, quel intérêt pouvait-il avoir à m'amener jusqu'à la porte de l'église pour m'abandonner là? Ah! S'il m'avait emprunté mon argent, ou s'il m'avait épousée et que ma fortune eût été transférée à son nom, il aurait pu y avoir une raison quelconque; mais Hosmer n'avait aucune préoccupation d'argent et ne se demandait pas si je possédais un shilling. Alors, qu'a-t-il pu se produire? Pourquoi n'a-t-il pas écrit? Oh! je suis à moitié folle, quand j'y pense, et je ne peux fermer l'œil de la nuit.
Elle tira de son manchon un petit mouchoir et se mit à sangloter de tout son cœur.
– J'examinerai l'affaire, dit Holmes, en se levant, et je ne doute pas que nous arriverons à un résultat positif. Laissez le poids de cette affaire reposer sur moi, et que votre esprit ne s'y attarde pas plus longtemps. Par-dessus tout, tâchez de faire en sorte que M. Hosmer Angel disparaisse de votre souvenir comme il a disparu de votre vie.
– Vous ne pensez donc pas que je le reverrai?
– J'ai bien peur que non.
– Alors, que lui est-il arrivé?
– Cette question, vous me laisserez la résoudre. Je voudrais un portrait exact de M. Hosmer Angel, ainsi que toutes les lettres dont vous puissiez vous séparer.
– J'ai fait paraître une annonce dans *La Chronique* de samedi dernier. Voici la coupure, et aussi quatre de ses lettres.
– Merci. Votre adresse?
– N° 31, Lyon Place, Camberwell.

– Vous n'avez jamais eu l'adresse de M. Angel, dites-vous. Et quelle est celle de la maison où votre père travaille?

– Il voyage pour Westhouse et Marbank, les grands importateurs de vin de Fenchurch Street.

– Merci. Vous avez très clairement exposé votre situation. Vous voudrez bien me laisser ces papiers et vous vous souviendrez du conseil que je vous ai donné. Tournez la page sur cet incident et ne souffrez pas qu'il affecte votre vie.

– Vous êtes très bon, monsieur Holmes, mais il ne saurait en être ainsi. Je serai fidèle à Hosmer et il me trouvera prête quand il reviendra.

En dépit de son absurde chapeau et de son visage dénué d'expression, il y avait dans cette confiance simple manifestée par notre visiteuse quelque chose de noble qui forçait notre respect. Elle posa son petit paquet de papiers sur la table et se retira en promettant de revenir chaque fois qu'on l'y inviterait.

Sherlock Holmes resta assis sans rien dire pendant quelques minutes, les extrémités de ses doigts toujours serrées les unes contre les autres, les jambes allongées devant lui et le regard dirigé vers le plafond. Il prit ensuite au râtelier la vieille pipe en terre qui était pour lui comme un conseiller et, l'ayant allumée, il se renversa sur sa chaise avec un air d'extrême langueur, cependant que montaient en tournoyant les épaisses volutes de fumée qu'il exhalait.

– C'est un sujet tout à fait intéressant que cette fille, remarqua-t-il. Je l'ai trouvée plus passionnante que son petit problème qui, soit dit en passant, est plutôt banal. Vous trouverez des cas semblables si vous consultez mon répertoire. À Andover, en 1877, il y a quelque chose du même genre. Également à La Haye, l'an dernier. Si éculé que soit ce cas, il présentait un ou deux détails nouveaux pour moi; en outre, observer cette femme était en soi très instructif.

– Vous m'avez semblé lire en elle pas mal de choses qui étaient pour moi tout à fait invisibles, remarquai-je.

– Non, pas invisibles, Watson, mais inaperçues. Vous n'avez pas su où regarder et ainsi vous avez raté tout ce qui était important. Je ne peux jamais vous amener à vous rendre compte de l'importance des manches, de ce que suggèrent les ongles des pouces, ou des grandes choses qu'on peut apprendre d'un lacet de soulier. Voyons, qu'avez-vous déduit de l'aspect de cette femme?

– Eh bien! elle avait un chapeau de paille à large bord couleur ardoise, garni d'une plume rouge brique. Sa jaquette était noire, soutachée de perles noires et d'une frange de petits ornements noir de jais. Son costume était brun, un peu plus foncé que la couleur café, avec un peu de peluche pourpre au cou et aux manches. Ses gants (l'index de la main droite était usé) étaient grisâtres. Ses chaussures, je ne les ai pas remarquées. Elle avait de petits pendants d'oreilles ronds en or, et dans l'ensemble elle avait l'air assez à son aise et de mener une vie banale, confortable et facile.

Sherlock Holmes applaudit doucement et rit aux éclats.

– Ma parole, Watson, vous faites des progrès merveilleux! En vérité, vous avez réellement bien observé. Il est vrai que vous avez manqué tout ce qui présentait de l'importance, mais vous avez attrapé la méthode et votre œil saisit promptement les couleurs. Ne vous fiez jamais, mon cher, aux impressions générales et concentrez-vous sur les détails. Mon premier regard va toujours aux manches d'une femme. Chez un homme il vaut peut-être mieux considérer les genoux de pantalon. Comme vous le faites remarquer, cette femme avait de la peluche à sa manche, et la peluche est une étoffe très révélatrice.

«La double ligne un peu au-dessus du poignet, là où la dactylo appuie sur la table, était nettement indiquée. La machine à coudre à main laisse une marque semblable, mais seulement sur le bras gauche, et du côté le plus éloigné du pouce au lieu de couper droit en travers de la partie la plus large comme dans le cas présent. J'ai ensuite regardé son visage et j'ai remarqué l'empreinte d'un lorgnon de chaque côté du nez; j'ai alors risqué cette remarque sur sa myopie et la machine à écrire, qui a paru la surprendre.

– Elle m'a surpris aussi.

– Certes, ce n'était pas si évident. Je fus ensuite très étonné et intéressé, en baissant les yeux, d'observer que, bien que les chaussures qu'elle portait ne fussent pas dissemblables, elles appartenaient pourtant bel et bien à deux paires différentes, l'une ayant un bout rapporté légèrement enjolivé que l'autre n'avait pas. L'une était boutonnée par deux boutons sur cinq, au milieu et un en haut, et l'autre l'était au premier, au troisième et au cinquième bouton. Or, quand vous voyez qu'une jeune personne, quant au reste décemment habillée, est sortie de chez elle avec des bottines dépareillées et à demi boutonnées, ce n'est pas une bien grande déduction de dire qu'elle est partie en toute hâte.

– Quoi d'autre? demandai-je, vivement intéressé, comme je l'étais toujours, par le raisonnement pénétrant de mon ami.

– J'ai noté, au passage, qu'elle avait écrit une lettre avant de partir de chez elle, et cela alors qu'elle était complètement habillée. Vous avez observé que l'index de son gant droit était usé, mais vous n'avez pas vu, sans doute, que le doigt et le gant étaient tachés d'encre violette. Elle avait écrit à la hâte, et trop enfoncé sa plume dans l'encrier. Cela a dû se passer ce matin, sans quoi la marque ne serait pas restée visible sur le doigt. Tout cela est amusant, bien qu'assez élémentaire, mais il me faut revenir à l'affaire. Watson, voudriez-vous bien me lire le portrait de M. Hosmer Angel publié dans le journal?

J'approchai de la lumière la petite coupure imprimée. «*Disparu,* disait-elle, *le matin du quatorze, un monsieur du nom de Hosmer Angel. Taille: environ cinq pieds sept pouces – forte carrure. Teint jaunâtre, cheveux noirs, un peu chauve au sommet, épais favoris noirs, moustaches noires; verres teintés, léger défaut d'élocution. Était, quand on l'a vu la dernière fois, habillé d'une redingote à revers de soie, d'un gilet noir, barré d'une chaîne de montre en or, d'un pantalon en drap d'Écosse, avec des guêtres brunes sur des bottines à élastiques. A été employé dans un bureau de Leadenhall Street. Prière de fournir renseignements, etc.*»

– Cela suffit, dit Holmes. Quant aux lettres, continua-t-il, tout en les parcourant du regard, elles sont très banales. Il n'y a là absolument aucun renseignement concernant M. Angel, sauf qu'il cite Balzac une fois. Il y a pourtant un point important qui sans doute vous frappera.

– Elles sont tapées à la machine.

– Non seulement cela, mais la signature est tapée. En tête de la lettre il y a une date, vous le voyez, mais aucune autre précision, excepté Leadenhall Street, ce qui est plutôt vague. Le détail concernant la signature est très suggestif – en fait nous pouvons dire qu'il est déterminant.

– Et comment?

– Mon cher, se peut-il que vous ne voyiez pas de quel poids il pèse dans cette affaire?

– J'avoue que non, à moins qu'il n'ait voulu désavouer sa signature au cas où on le poursuivrait pour rupture de promesse de mariage.

– Non, ce n'était pas cela. Cependant, je vais écrire deux lettres qui devraient liquider l'affaire. L'une à une firme de la Cité, l'autre au beau-père de la jeune dame, ce M. Windbank, pour lui demander s'il pourrait venir nous voir ici demain soir à six heures. Il n'est que justice, aussi bien, que nous réglions cela entre hommes. Et maintenant, docteur, comme nous ne pouvons plus rien faire tant que ne nous seront pas parvenues les réponses à ces deux lettres, nous pouvons mettre de côté notre petit problème.

J'avais eu auparavant tant de raisons de croire à la subtile puissance de raisonnement de mon ami et à son énergie extraordinaire dans l'action que je sentais qu'il devait avoir les plus solides motifs pour traiter avec tant d'assurance et de désinvolture le mystère singulier qu'il était appelé à approfondir. Je ne l'avais vu buter qu'une seule fois, dans le cas du roi de Bohême et de la photographie d'Irène Adler, mais quand je me rappelais l'étrange affaire du *Signe des quatre* et les circonstances extraordinaires de *L'Étude en rouge*, je sentais bien qu'il faudrait qu'un écheveau fût inextricable pour qu'il ne pût le démêler.

Lorsque je le laissai, toujours en train de tirer avec ardeur sur sa pipe noire, j'étais convaincu que, quand je reviendrais le lendemain soir, je constaterais qu'il tenait en main la totalité des fils qui conduiraient à l'identification du fiancé disparu.

Un cas de maladie très grave absorbait alors toute mon attention. Toute la journée du lendemain, je fus retenu auprès du lit de mon patient. Ce ne fut que très peu avant six heures que je me trouvai libre et qu'il me fut possible de sauter dans un fiacre et de me faire conduire à Baker Street. J'avais bien peur d'être en retard pour assister au dénouement du petit mystère. Je trouvai pourtant Sherlock Holmes, seul, à moitié endormi, son long corps lové dans les profondeurs de son fauteuil. Un formidable étalage de flacons et d'éprouvettes en même temps qu'une odeur piquante d'acide hypochlorique me disaient qu'il avait passé sa journée aux travaux chimiques qu'il aimait tant.

– Eh bien! L'avez-vous résolu?

– Oui. C'était du bisulphate de baryte.

– Non! non! le mystère! m'écriai-je.

– Oh! cela? Je pensais au sel sur lequel j'ai travaillé... Il n'y avait aucun mystère dans cette affaire, quoique, comme je le disais hier, quelques-uns des détails ne manquent pas d'intérêt. Le seul inconvénient, c'est qu'il n'y ait pas de loi, j'en ai peur, qui puisse atteindre cette canaille.

– Qui était-ce donc et quel était son but en abandonnant Mlle Sutherland?

J'avais à peine posé la question et Holmes n'avait pas encore ouvert la bouche pour me répondre, que nous entendîmes un pas lourd dans le couloir et qu'on frappa à la porte.

– Voilà le beau-père de la jeune fille, M. James Windbank, dit Holmes. Il m'a écrit pour annoncer qu'il serait ici à six heures. Entrez!

L'homme qui entra était un individu fort et de taille moyenne, d'une trentaine d'années. Son épiderme était cireux, rasé de près. Il avait des manières débonnaires et paternes, mais des yeux gris d'une surprenante acuité. Il lança vers chacun de nous un regard interrogateur, plaça son chapeau sur la desserte et, tout en s'inclinant légèrement, prit place sur la chaise la plus proche.

– Bonsoir, monsieur James Windbank, dit Holmes. Je pense que cette lettre dactylographiée, par laquelle vous me donnez rendez-vous pour six heures, vient de vous?

– Oui, monsieur. J'ai peur d'être quelque peu en retard, mais je ne suis pas tout à fait mon maître, vous savez. Je suis désolé que Mlle Sutherland vous ait dérangé au sujet de cette petite affaire, car je suis d'avis qu'il vaut beaucoup mieux ne pas laver le linge sale de ce genre en public. Ç'a été tout à fait contre ma volonté qu'elle est venue, mais c'est, comme vous avez pu le remarquer, une fille émotive et impulsive, et on ne la retient pas aisément quand elle a résolu de faire quelque chose. Naturellement, avec vous, l'affaire a moins d'importance à mes yeux, puisque vous n'appartenez pas à la police officielle, mais il est déplaisant pour une famille de voir s'ébruiter un malheur de ce genre. De plus, ce sont des frais inutiles, car comment vous serait-il possible de retrouver ce Hosmer Angel?

– Tout au contraire, répondit Holmes tranquillement. J'ai toutes raisons de croire que je réussirai à découvrir M. Hosmer Angel.

M. Windbank tressaillit et laissa tomber ses gants.

– Je suis enchanté de l'apprendre, dit-il.

– N'est-il pas curieux, observa Holmes, qu'une machine à écrire ait en réalité tout autant d'individualité que l'écriture manuscrite? À moins qu'elles ne soient tout à fait neuves, il n'y en a pas deux qui écrivent de façon exactement identique. Certaines lettres sont plus usées que d'autres, certaines ne s'usent que d'un côté. Or, vous remarquez que, dans la note que vous m'avez envoyée, monsieur Windbank, il y a chaque fois quelque chose d'un peu brouillé au-dessus du *e* et chaque fois un léger défaut dans la queue du *r*. Il y a quatorze autres points caractéristiques, mais ce sont là les plus manifestes.

– Nous faisons, au bureau, toute notre correspondance avec cette machine et sans doute est-elle un peu usée, répondit notre visiteur en dirigeant sur Holmes le regard aigu de ses petits yeux brillants.

– Et maintenant, ce que je vais vous montrer est réellement une étude très intéressante, continua Holmes. J'envisage d'écrire, un de ces jours, une nouvelle petite monographie sur la machine à écrire et ses rapports avec le crime. C'est un sujet auquel j'ai consacré beaucoup d'attention. J'ai ici quatre lettres qui passent pour venir de l'individu qui a disparu. Elles sont toutes dactylographiées, et dans chacune d'elles non seulement les *e* sont brouillés, et les *r* sans queue, mais vous remarquerez, si vous voulez bien vous servir de la loupe, que les quatorze autres caractéristiques auxquelles j'ai fait allusion s'y retrouvent également.

M. Windbank bondit de sa chaise et prit son chapeau.

– Je n'ai pas de temps à perdre dans des conversations aussi fantaisistes, monsieur Holmes. Si vous pouvez attraper l'homme, attrapez-le, et informez-moi quand vous l'aurez.

– Certainement, dit Holmes, en faisant quelques pas et en tournant la clé dans la serrure. Je vous notifie donc que je le tiens.

– Quoi? Où? cria bien haut M. Windbank, en pâlissant jusqu'aux lèvres et en regardant autour de lui comme un rat pris au piège.

– Inutile, tout à fait inutile, dit Holmes doucement. Il n'y a pas moyen de sortir, monsieur Windbank. La chose est trop claire et c'était me faire un très mauvais parti que de me dire qu'il me serait impossible de résoudre une question aussi simple. Allons! Asseyez-vous et discutons de l'affaire.

Notre visiteur s'effondra sur une chaise; son visage était horrible à voir; son front, humide de sueur, brillait.

– On ne peut pas me poursuivre, balbutia-t-il.

– J'ai en effet bien peur que non; mais, entre nous, Windbank, vous avez commis là un forfait aussi cruel, aussi égoïste et aussi impitoyable dans sa mesquinerie que le pire que j'aie jamais connu. Maintenant, revoyons simplement le cours des événements et veuillez me contredire si je me trompe.

L'homme était assis, en paquet sur sa chaise, la tête inclinée sur sa poitrine, comme un être complètement écrasé. Holmes, les pieds sur le coin de la cheminée et s'inclinant en arrière, les mains dans les poches, commença à parler; pour lui-même, semblait-il, plus que pour nous.

– Le sujet a épousé une femme beaucoup plus vieille que lui pour son argent, dit-il, et il profite de l'argent de sa fille aussi longtemps que celle-ci vit avec eux. C'est une somme, pour quelqu'un dans sa position, et sa perte ferait une sérieuse différence. Cela vaut la peine de mettre tous ses efforts à la garder. La fille est d'un naturel bon et aimable, mais affectueuse, spontanée et cordiale en son comportement, de sorte qu'il va de soi qu'avec son physique assez engageant et ses petites rentes on ne la laisserait pas devenir vieille fille. Or, son mariage serait, naturellement, la perte des cent livres annuelles. Que fait donc son beau-père pour prévenir cette perte? Il a recours au moyen qui se présente tout de suite: la garder à la maison et l'empêcher de rechercher la société des jeunes gens de son âge. Mais il ne tarde pas à constater que ce moyen ne sera pas toujours efficace. La jeune fille est devenue rétive, elle insiste sur ses droits et finalement elle annonce son intention bien arrêtée d'aller à un certain bal. Que fait alors le rusé beau-père? Il imagine un plan qui fait plus honneur à sa tête qu'à son cœur. Avec la connivence et l'assistance de sa femme, il se déguise, il couvre ses yeux vifs de verres teintés, il masque son visage à l'aide de moustaches et d'épais favoris, il change sa voix claire en un chuchotement insinuant et ainsi, doublement assuré du succès en raison de la myopie de la jeune fille, il apparaît dans le rôle de M. Hosmer Angel et, en lui faisant lui-même la cour, il écarte les autres amoureux.

– Ce ne fut d'abord qu'une plaisanterie, grogna notre visiteur. Nous ne pensions pas qu'elle s'emballerait ainsi.

– Ce n'est pas très vraisemblable. Mais, quoi qu'il en soit, la jeune fille fut bel et bien emballée et, comme elle était tout à fait persuadée que son beau-père était en France, pas un instant le soupçon d'une telle perfidie n'effleura sa pensée. Elle fut flattée des attentions du monsieur et l'effet en fut encore accru par l'admiration que sa mère exprima bien haut. Alors M. Angel commença à venir en visite, car il était évident qu'il fallait pousser l'intrigue aussi loin que possible, si l'on voulait obtenir un résultat positif. Il y eut des rencontres, une promesse de mariage, qui donnerait enfin l'assurance et la garantie que l'affection de la jeune fille n'irait pas à un autre. Mais cette mystification ne pouvait durer toujours. Ces prétendus voyages en France étaient assez embarrassants. Ce qu'il fallait faire, c'était clairement terminer l'affaire, d'une façon si dramatique qu'elle laisserait dans l'esprit de la jeune fille une impression durable qui l'empêcherait pendant un certain temps de jeter les yeux sur un autre prétendant. De là ces serments de fidélité exigés sur la Bible, de là aussi ces allusions à quelque chose qui pourrait arriver le matin même du mariage. James Windbank voulait que Mlle Sutherland se fiançât si bien à Hosmer Angel et qu'elle eût tant de doute concernant son sort que, de dix ans au moins, elle n'écouterait pas un autre soupirant. Il l'amena jusqu'à la porte de l'église, et là, comme il ne pouvait aller plus loin, il disparut sans peine, en employant la vieille ruse qui consiste à entrer dans une voiture par une portière pour en sortir par l'autre. Je pense, monsieur Windbank, que c'est ainsi que se sont déroulés les événements.

Pendant que Holmes parlait, notre visiteur avait repris un peu de son assurance et il se leva de son siège, maintenant avec un air de froid ricanement sur son pâle visage.

– Il se peut que cela soit ou que cela ne soit pas, monsieur Holmes, dit-il, mais si vous êtes si fin, vous devez l'être assez pour savoir que c'est vous qui violez la loi, et non pas moi. Je n'ai rien fait qui tombe sous le coup de la loi, mais, aussi longtemps que vous tenez cette porte fermée, vous vous exposez à une action en justice pour violence et séquestration illégale.

– La loi ne peut, comme vous le dites, vous atteindre, fit Holmes, en tournant la clé et en ouvrant vivement la porte toute grande, et pourtant, jamais homme n'a plus mérité d'être puni. Si la jeune personne a un frère ou un ami, celui-ci devrait vous cingler les épaules à coups de fouet. Et par Dieu, continua-t-il, devenant rouge de colère à la vue du rictus amer qui marquait le visage de l'autre, cela ne fait pas partie de mes devoirs envers ma cliente, mais voici une cravache qui se trouve là bien à propos et je crois que je vais m'offrir la satisfaction de…

Vivement il fit deux pas en avant dans la direction du fouet, mais avant qu'il n'ait pu le saisir, on entendit dans l'escalier un bruit de pas précipités, puis la lourde porte du vestibule se referma, et de la fenêtre nous pûmes voir M. James Windbank qui, dans la rue, courait à toutes jambes.

– Quelle froide canaille! dit Holmes, en riant, en même temps qu'il se jetait dans son fauteuil. Cet individu-là ira de crime en crime jusqu'à quelque forfait qui le fera finir à la potence. Cette affaire, sous certains rapports, n'a pas été dénuée d'intérêt.

– Je ne peux pourtant, même maintenant, suivre en toutes ses phases votre raisonnement, remarquai-je.

– Eh bien! Naturellement, il était évident, dès le début, que ce M. Hosmer Angel avait quelque motif de se comporter aussi curieusement. Il était non moins clair que le seul homme qui pût profiter de cet incident, pour autant que nous pouvions en juger, c'était le beau-père. Le fait aussi que les deux hommes ne se trouvaient jamais ensemble et que l'un d'eux apparaissait toujours quand l'autre était absent, ce fait-là était suggestif. Les lunettes teintées ne l'étaient pas moins, et aussi cette voix singulière. L'ensemble faisait penser à un déguisement, comme y faisaient penser aussi les épais favoris. Mes soupçons furent tous confirmés par ce fait remarquable qu'il dactylographiait sa signature, ce qui, naturellement, impliquait une écriture si familière à la jeune fille qu'elle en aurait reconnu même le plus petit échantillon. Vous voyez que tous ces faits isolés, en même temps que beaucoup d'autres de moindre importance, m'aiguillaient tous dans la même direction.

– Et comment les avez-vous vérifiés?

– Une fois mon homme trouvé, il me devenait facile de justifier mes soupçons. Je connaissais la maison de commerce pour laquelle le beau-père travaillait. En prenant la description fournie par le journal j'en ai éliminé tout ce qui pouvait résulter d'un déguisement – les favoris, les verres, la voix – et je l'ai envoyé à la firme en les priant de vouloir bien me faire savoir si cela répondait au signalement d'un de leurs représentants, quel qu'il fût. J'avais remarqué déjà les particularités de la machine à écrire et j'ai écrit à l'individu lui-même à l'adresse où il travaillait, en lui demandant de bien vouloir venir ici. Comme je m'y attendais, sa réponse était écrite à la machine, et révélait les mêmes défauts, minimes mais caractéristiques. Le même courrier m'apporta une lettre de Westhouse et Marbank, de Fenchurch Street, dans laquelle on me disait que la description concordait en tout point avec celle de leur employé James Windbank. Voilà tout.

– Et Mlle Sutherland?

– Si je le lui dis, elle ne me croira pas. Vous vous rappelez peut-être le vieux proverbe persan: «Il court grand danger, celui qui enlève son petit à un tigre, grand danger aussi quiconque enlève son illusion à une femme.» Il y a autant de vérité chez Hafiz le Persan qu'il y en a dans Horace, et une aussi profonde connaissance de l'homme.

LE MYSTÈRE DE LA VALLÉE DE BOSCOMBE

Nous étions en train de déjeuner un matin, ma femme et moi, quand la bonne apporta une dépêche. Émanant de Sherlock, elle était ainsi libellée:

«Avez-vous des jours disponibles? On vient de me télégraphier de l'ouest de l'Angleterre au sujet de la tragédie de la vallée de Boscombe. Serais content si pouviez venir avec moi. Climat et site parfaits. Pars de Paddington par train 11 h 15.»

– Qu'en dites-vous, chéri? dit ma femme en me regardant. Irez-vous?

– Je ne sais pas trop. J'ai une liste de visites assez longue à présent.

– Oh! Amstruther ferait votre travail. Vous avez l'air un peu pâle depuis quelque temps. Je pense que le changement vous sera bénéfique; et puis, vous portez toujours tellement d'intérêt aux enquêtes de M. Holmes!

– Quand on songe à ce que j'ai gagné dans l'une de ces enquêtes, je serais un ingrat s'il en était autrement; mais si je dois y aller, il faut que je fasse ma valise tout de suite car je n'ai qu'une demi-heure.

Mon expérience de la vie des camps en Afghanistan avait tout au moins eu pour résultat de faire de moi un voyageur prompt à se préparer. Je n'avais besoin que de quelques objets très simples, de sorte qu'avant l'heure fixée je roulais en fiacre avec ma valise vers la gare de Paddington. Sherlock Holmes faisait les cent pas sur le quai. Sa grande et maigre silhouette semblait encore plus grande et plus maigre en raison du long manteau de voyage, et de la casquette en drap qui lui serrait la tête.

– C'est vraiment très aimable de votre part de venir, Watson, dit-il. Cela me fait une telle différence d'avoir avec moi quelqu'un sur qui je puis compter absolument. L'aide qu'on trouve sur place est toujours ou insignifiante, ou réticente. Si vous voulez bien garder les deux places de coin, je vais prendre les billets.

Mis à part l'immense brassée de journaux qu'Holmes emporta avec lui, nous eûmes tout le compartiment pour nous seuls. Jusqu'à ce que nous ayons dépassé Reading, il tourna, retourna et lut les quotidiens, ne s'interrompant que pour prendre des notes et pour réfléchir. Puis, d'un geste soudain, il fit du tout un énorme ballot qu'il jeta dans le filet.

– Avez-vous entendu parler de cette affaire? demanda-t-il.

– Pas un seul mot, je n'ai pas vu les journaux ces jours-ci.

– La presse londonienne n'en a pas eu des comptes rendus bien complets. Je viens de parcourir toutes les dernières éditions afin d'en bien posséder tous les détails. Il semble, à ce que je vois, que ce soit une de ces affaires toutes simples, qui sont si difficiles.

– Ce que vous dites paraît un peu paradoxal.

– Mais c'est profondément vrai. La singularité constitue presque invariablement une piste. Plus un crime est dénué de caractère distinctif, plus il est ordinaire, et plus il est difficile d'en trouver les auteurs. Dans le cas présent, cependant, on a très sérieusement mis en cause le fils de la victime.

– Il s'agit donc d'un assassinat?

– Eh bien! on le suppose. Je ne considérerai aucun point comme acquis, tant que je n'aurai pas eu l'occasion de l'étudier moi-même. Je vais vous expliquer succinctement où en sont les choses, autant que j'aie pu le comprendre.

«La vallée de Boscombe est un coin provincial qui se trouve non loin de Ross, dans le comté du Hereford. Le plus grand propriétaire terrien de cette région est un certain M. John Turner, qui a gagné son argent en Australie et qui est revenu au pays il y a quelques années. Une des fermes qu'il possédait, celle d'Hatherley, était louée à M. Charles Mac Carthy, lui aussi un ancien d'Australie. Les deux hommes s'étaient connus aux colonies, rien d'extraordinaire à ce fait sinon qu'en revenant se fixer en Angleterre ils avaient cherché à demeurer aussi près que possible l'un de l'autre. Selon toute apparence, Turner était le plus riche des deux; Mac Carthy devint donc son locataire, mais pourtant, ils vivaient, semble-t-il, sur un pied de parfaite égalité, car ils étaient souvent ensemble. Mac Carthy avait un fils, un gars de dix-huit ans, et Turner une fille unique du même âge; tous deux étaient veufs. Ils paraissent avoir évité la société des familles anglaises du voisinage et avoir mené une existence très retirée, bien que les deux Mac Carthy, amateurs de sport, fréquentassent souvent les hippodromes de la région. Les Mac Carthy avaient deux domestiques, un homme et une servante. Les Turner avaient une domesticité plus importante, une demi-douzaine de visiteurs au moins. C'est là tout ce que j'ai pu recueillir concernant les familles. Voyons maintenant les faits.

«Le 3 juin – c'est-à-dire lundi dernier – Mac Carthy quitta sa maison d'Hatherley vers trois heures de l'après-midi et s'en alla, à pied, vers l'étang de Boscombe qui est un petit lac formé par le débordement du fleuve qui coule dans la vallée de Boscombe. Le matin, il était allé à Ross avec son domestique et il avait dit à celui-ci qu'il était obligé de se presser, car il avait à trois heures un rendez-vous important. De ce rendez-vous il n'est point revenu vivant.

«De la ferme d'Hatherley à l'étang de Boscombe, il y a un quart de mile et deux personnes l'ont vu lorsqu'il traversait la propriété. L'une était une vieille femme dont on ne dit pas le nom, l'autre était William Cronder, garde-chasse au service de M. Turner. Ces deux témoins déclarent que Mac Carthy était seul. Le garde-chasse ajoute que quelques minutes après avoir vu passer M. Mac Carthy, il a vu son fils, M. James Mac Carthy, qui, un fusil sous le bras, suivait la même direction. À ce qu'il croit, le père était encore bel et bien en vue à ce moment-là et le fils le suivait. Il n'y pensa plus avant qu'il n'apprît, le soir, la tragédie qui s'était déroulée.

«Les deux Mac Carthy ont encore été aperçus après le moment où William Cronder, le garde-chasse, les a perdus de vue. L'étang de Boscombe est entouré de bois épais, avec tout juste une bordure d'herbe et de roseaux sur sa rive. Une fille de quatorze ans, Patience Moran, la fille du gardien du domaine de la vallée de Boscombe, se trouvait en train de cueillir des fleurs dans un de ces bois. Elle déclare que, pendant qu'elle était là, elle a vu, à l'orée du bois et tout près du lac, M. Mac Carthy et son fils qui semblaient se quereller violemment. Elle a entendu le vieux Mac Carthy employer un langage très vif en s'adressant à son fils et elle a vu celui-ci lever la main comme pour frapper son père. Leur violence lui fit tellement peur qu'elle prit la fuite et, quand elle est arrivée chez elle, elle a dit à sa mère qu'elle avait laissé les deux Mac Carthy en train de se disputer près de l'étang de Boscombe et qu'elle craignait fort qu'ils ne fussent sur le point d'en venir aux mains. À peine avait-elle prononcé ces mots que le jeune Mac Carthy arrivait en courant au pavillon et annonçait qu'il avait trouvé son père mort dans le bois. Il venait demander de l'aide au gardien. Il était bien surexcité, il n'avait ni son fusil, ni son chapeau et on remarqua que sa main droite et sa manche étaient tachées de sang. En le suivant, on trouva le cadavre de son père étendu sur le gazon, près de l'étang. Les blessures étaient telles qu'elles pouvaient très bien avoir été faites par la crosse du fusil du fils, que l'on trouva dans l'herbe à quelques pas du corps. Étant donné ces circonstances, le jeune homme fut immédiatement arrêté et, l'enquête de mardi ayant abouti à un verdict de meurtre, on l'a en conséquence conduit à Ross, devant les magistrats, qui vont envoyer l'affaire aux prochaines assises. Voilà les faits essentiels, tels qu'ils ressortent de l'enquête du coroner et de l'exposé fait au tribunal.

– On pourrait difficilement imaginer un crime plus abominable, remarquai-je, et si jamais les preuves indirectes fournies par les circonstances ont désigné un coupable, c'est bien en ce cas.

– Les preuves indirectes tirées des circonstances sont très sujettes à caution, répondit Holmes, pensif. Elles peuvent avoir l'air d'indiquer nettement une chose, et puis, si l'on change un peu de point de vue, il arrive qu'on constate qu'elles indiquent, de façon non moins nette, quelque chose de tout à fait différent. Il faut avouer pourtant, que le cas du jeune homme semble excessivement grave et qu'il est certes bien possible qu'il soit coupable. Il y a pourtant plusieurs personnes dans le voisinage, et parmi elles Mlle Turner, la fille du propriétaire voisin, qui croient à son innocence et qui ont engagé Lestrade – vous vous le rappelez, il fut mêlé à *L'Étude en rouge* – pour mener une enquête qui lui soit favorable. Lestrade, assez embarrassé, s'en est remis à moi et voilà pourquoi deux messieurs entre deux âges volent dans la direction de l'ouest à cinquante milles à l'heure, au lieu de digérer tranquillement leur déjeuner chez eux.

– J'ai bien peur, dis-je, qu'avec des faits si évidents vous ne récoltiez guère de gloire dans cette affaire.

– Il n'y a rien de plus trompeur qu'un fait évident, répondit-il en riant. En outre, il se peut que nous découvrions par hasard d'autres faits qui, peut-être, n'ont nullement été évidents pour M. Lestrade. Vous me connaissez trop bien pour aller croire que je me vante lorsque je dis que je confirmerai sa théorie, ou la détruirai par des moyens qu'il est, pour sa part, absolument incapable d'employer, voire de comprendre. Pour prendre à portée de ma main le premier exemple venu, il m'apparaît clairement que, dans votre chambre à coucher, la fenêtre est du côté droit; pourtant je me demande si M. Lestrade aurait remarqué une chose aussi évidente que celle-là.

– Comment diable?...

– Mon cher ami, je vous connais bien. Je sais l'élégance militaire qui vous caractérise. Vous vous rasez tous les matins et, en cette saison, vous vous rasez à la lumière du jour mais, puisque votre barbe est de moins en moins parfaitement rasée à mesure que l'on examine le côté gauche – tant et si bien qu'elle est positivement négligée quand on tourne l'angle de la mâchoire –, il est de toute évidence que ce côté est, chez vous, moins bien éclairé que l'autre! Je ne saurais en effet supposer qu'un homme doué de vos habitudes, lorsqu'il se contemple sous un éclairage uniforme, se contente d'un résultat pareil. Je ne vous cite cela que comme un exemple banal d'observation et de déduction, mais c'est ce en quoi consiste mon métier et il est très possible qu'il me soit utile au cours de l'enquête qui nous attend. Il reste encore un ou deux points de moindre importance qui ressortent des recherches antérieures et qui méritent quelque attention.

– Quels sont-ils?

– Il paraît que l'arrestation n'a pas eu lieu tout de suite, mais après le retour à la ferme d'Hatherley. Lorsque l'inspecteur de police informa le jeune homme qu'il était prisonnier, il remarqua qu'il n'était pas surpris de l'apprendre, et qu'il n'avait que ce qu'il méritait. Cette observation eut naturellement pour effet de chasser toute espèce de doute de l'esprit des jurés.

– C'était un aveu! m'écriai-je.

– Non, car tout de suite après, il a protesté de son innocence.

– En conclusion de tant d'infamies, cette remarque devenait tout au moins très suspecte.

– Au contraire, c'est la plus brillante éclaircie que je voie jusqu'à présent dans les nuages. Si innocent qu'il soit, il ne peut pas être sot au point de ne pas voir que les circonstances l'accablent lourdement. S'il avait eu l'air surpris de son arrestation, ou s'il avait feint de s'en indigner, j'aurais regardé le fait comme grandement suspect, parce qu'une surprise ou une colère de ce genre, étant donné les circonstances, ne serait pas naturelle et pourrait apparaître comme la meilleure politique, adoptée après réflexion. Sa franche acceptation de la situation révèle, ou qu'il est innocent, ou qu'il possède une grande maîtrise de lui-même et une grande fermeté. Quant à sa remarque qu'il n'avait que ce qu'il méritait, elle n'était pas non plus extraordinaire, si vous considérez qu'il venait de se trouver auprès du cadavre de son père alors qu'il est hors de doute que, ce même jour, il avait oublié son devoir filial jusqu'à échanger des paroles violentes et même, suivant la fille dont le témoignage a une si grande importance, jusqu'à sembler sur le point de le frapper. Le reproche qu'il s'en faisait et le repentir dont témoigne sa remarque me paraissent dénoter un esprit sain plutôt qu'un individu coupable.

Je hochai la tête et je remarquai:

– On a pendu bien des hommes sur des témoignages beaucoup moins catégoriques.

– C'est bien vrai. Et bien des hommes ont été pendus à tort.

– Quel est le récit que le jeune homme fait des événements?

– Il n'est pas, je le crains, fort encourageant pour ses partisans, bien qu'il y ait un ou deux points intéressants. Vous les trouverez ici, où vous pouvez les lire vous-même.

Il tira du ballot un numéro du journal local et, après en avoir tourné une page, me montra du doigt le paragraphe dans lequel le malheureux jeune homme donnait sa propre version des événements. Je m'installai dans le coin du compartiment et le lus très soigneusement. En voici le texte:

«M. James Mac Carthy, fils unique du défunt, fut alors appelé et témoigna de façon suivante:

«– J'avais quitté la maison depuis trois jours et j'étais à Bristol. Je venais de rentrer dans la matinée de lundi dernier, le 3. Mon père était absent de la maison au moment de mon arrivée et la bonne m'informa qu'il était allé en voiture à Ross, avec John Cobb, le groom. Peu après mon retour, j'entendis les roues de la carriole dans la cour et, en regardant par la fenêtre, je le vis descendre et sortir rapidement de la cour, mais je ne vis point dans quelle direction il s'en allait. J'ai alors pris mon fusil et je suis parti faire un tour dans la direction de l'étang de Boscombe, avec l'intention de visiter la garenne qui est de l'autre côté. En chemin, j'ai vu William Cronder, le garde-chasse, ainsi qu'il l'a déclaré dans sa déposition, mais il s'est trompé en pensant que je suivais mon père. J'ignorais complètement que mon père était devant moi. Quand je me suis trouvé à une centaine de mètres environ de l'étang, j'ai entendu le cri "Hé! Ho!". C'était un signal dont nous nous servions ordinairement, mon père et moi. Je me suis donc pressé et je l'ai rejoint près de l'étang. Il a paru fort surpris de me voir et, assez rudement, il m'a demandé ce que je faisais là. Une conversation s'ensuivit, qui nous amena à un échange de mots très vifs et presque aux coups, car mon père était d'un caractère violent. Voyant que, dans sa colère, il ne se maîtrisait plus, je l'ai quitté et j'ai repris le chemin de la ferme d'Hatherley. Je n'avais toutefois pas fait plus de cent cinquante mètres quand j'entendis derrière moi un cri affreux qui me fit revenir sur mes pas en courant. J'ai trouvé mon père expirant sur le sol, la tête terriblement meurtrie. J'ai laissé tomber mon fusil et j'ai pris mon père dans mes bras, mais il est mort presque immédiatement. Je me suis agenouillé auprès de lui quelques minutes et je me suis rendu au pavillon de M. Turner, la maison la plus proche, pour y demander du secours. Je n'ai vu personne près de mon père quand je suis revenu et je n'ai aucune idée de la façon dont il a pu être blessé. Les gens ne l'aimaient pas beaucoup, parce qu'il était froid et cassant, mais, autant que je sache, il n'avait pas d'ennemis actifs. Je ne sais rien d'autre de l'affaire.

Le Coroner. – Votre père ne vous a rien dit avant de mourir?

Le Témoin. – Il a marmonné quelques mots, mais je n'ai pu saisir qu'une allusion à un rat.

Le Coroner. – Qu'avez-vous compris par là?

Le Témoin. – Ça n'avait pour moi aucun sens. J'ai cru qu'il délirait.

Le Coroner. – Quel était le motif de cette dernière querelle entre votre père et vous?

Le Témoin. – Je préférerais ne pas répondre.

Le Coroner. – C'est malheureusement mon devoir que de vous presser de répondre.

Le Témoin. – Il m'est absolument impossible de vous le dire. Je peux vous affirmer que cela n'avait rien à voir avec la tragédie qui a suivi.

Le Coroner. – La Cour en décidera. Je n'ai pas à vous faire observer que votre refus de répondre nuira considérablement à votre cause dans les poursuites qui pourront avoir lieu.

Le Témoin. – Je dois pourtant refuser.

Le Coroner. – Je comprends que le cri de "Hé! Ho!" était un signal ordinaire entre vous et votre père?

Le Témoin. – En effet.

Le Coroner. – Comment se fait-il alors qu'il ait proféré ce cri avant de vous voir et avant même de savoir que vous étiez revenu de Bristol?

Le Témoin, fortement démonté. – Je ne sais pas.

Un Juré. – Vous n'avez rien vu qui ait éveillé vos soupçons quand vous êtes revenu sur vos pas, lorsque vous avez entendu le cri et que vous avez trouvé votre père mortellement blessé?

Le Témoin. – Rien de précis.

Le Coroner. – Que voulez-vous dire par là?

Le Témoin. – J'étais si troublé et surexcité quand je me suis précipité dans la clairière que je ne pouvais penser à rien d'autre qu'à mon père. Pourtant, j'ai eu la vague impression que, tandis que je courais droit devant moi, il y avait quelque chose qui gisait sur le sol, à ma gauche. Ça m'a paru être quelque chose de gris, un vêtement quelconque ou un plaid, peut-être. Quand je me suis relevé d'auprès de mon père, je me suis retourné et je l'ai cherché. Il n'y était plus.

Le Coroner. – Voulez-vous dire que cela avait disparu avant que vous n'alliez chercher du secours?

Le Témoin. – Oui, cela avait disparu.

Le Coroner. – Vous ne sauriez dire ce que c'était?

Le Témoin. – Non, mais j'avais bien l'impression qu'il y avait quelque chose là.

Le Coroner. – À quelle distance du corps?

Le Témoin. – À une douzaine de mètres, à peu près.

Le Coroner. – Et à quelle distance de l'orée du bois?

Le Témoin. – À peu près autant.

Le Coroner. – Alors, si on l'a enlevé, ce fut pendant que vous étiez à une douzaine de mètres?

Le Témoin. – Oui, mais le dos tourné à l'objet.

«Ainsi se termina l'interrogatoire du témoin.»

– Je vois, dis-je en jetant un rapide coup d'œil au reste de la colonne du journal, que le coroner a plutôt été dur pour le jeune Mac Carthy. Il insiste, et non sans raison, sur la contradiction impliquée par le fait que son père lui a signalé sa présence avant qu'il ne l'ait vu, puis sur son refus de donner des détails sur sa conversation avec son père, et enfin sur la singularité des paroles du mourant. Tout cela, comme le remarque le coroner, constitue de lourdes charges contre le fils.

Holmes rit doucement et s'étendit sur le siège garni de coussins.

– Vous et le coroner, vous vous donnez bien du mal pour mettre en évidence les points mêmes qui militent le plus fortement en faveur du jeune homme. Ne voyez-vous pas que vous lui faites tour à tour l'honneur d'avoir trop d'imagination ou trop peu? Trop peu, s'il n'a pas été capable d'inventer un motif de querelle qui lui aurait gagné la sympathie du jury; trop, s'il a tiré de son propre fonds quelque chose d'aussi outré que l'allusion d'un mourant à un rat et l'incident de cette étoffe qui a disparu. Non, j'aborderai cette affaire en considérant que ce que dit ce jeune homme est vrai et nous verrons bien où nous conduira cette hypothèse. Mais j'ai là mon Pétrarque de poche, je ne dirai plus un mot à propos de cette enquête tant que nous ne serons pas sur les lieux. Nous déjeunons à Swindon, et je vois que nous y serons dans vingt minutes.

Il était environ quatre heures quand, enfin, après avoir traversé la splendide vallée de la Stroude et passé au-dessus de la Severn étincelante et large, nous avons atteint la jolie petite ville de Ross. Un homme maigre, avec une figure de furet et l'air chafouin, nous attendait sur le quai. Malgré son long cache-poussière clair et les guêtres de cuir qu'il portait en hommage au milieu rustique, je n'eus aucune peine à reconnaître Lestrade de Scotland Yard. Il nous mena en voiture aux Armes d'Hereford, où il avait déjà retenu une chambre pour nous.

– J'ai commandé une voiture, dit-il pendant que nous dégustions une tasse de thé. Connaissant votre tempérament actif, je sais que vous ne serez heureux qu'une fois sur les lieux du crime.

– C'est très gentil et très flatteur de votre part, répondit Holmes, mais nous n'irons pas et c'est uniquement une question de pression atmosphérique.

Lestrade eut l'air fort étonné.

– Je ne vous suis pas tout à fait, dit-il.

– Que dit le thermomètre? Trois degrés au-dessous de zéro, à ce que je vois. Pas de vent, pas un nuage au ciel. J'ai un plein étui de cigarettes qui ne demandent qu'à être fumées et ce canapé est bien supérieur aux horreurs qu'on trouve d'ordinaire dans les auberges de campagne. Je ne pense pas que je me serve de la voiture ce soir.

Lestrade sourit, indulgent.

– Vous avez sans doute déjà tiré vos conclusions d'après les journaux, dit-il. La chose crève les yeux, et plus on l'approfondit, plus ça devient clair. Cependant, vous ne sauriez opposer un refus à une dame, surtout à une dame aussi décidée. Elle a entendu parler de vous et veut à toute force votre opinion, bien que je lui aie dit et redit qu'il n'y avait rien que vous puissiez faire que je n'eusse déjà fait. Mais... ma parole, voici sa voiture à la porte!

À peine avait-il achevé que se précipitait dans la pièce l'une des plus charmantes jeunes femmes que j'eusse jamais vue de ma vie. Ses yeux violets étincelaient et, en voyant ses lèvres entrouvertes et la teinte rose de ses joues, on devinait que sa réserve naturelle s'évanouissait devant le souci qui l'accaparait.

– Oh! monsieur Holmes! s'écria-t-elle, très agitée, nous regardant l'un après l'autre, puis avec la promptitude de l'intuition féminine, arrêtant définitivement ses yeux sur mon compagnon. Je suis si contente que vous soyez venu! Je suis descendue jusqu'ici pour vous le dire. Je sais que James n'est pas coupable. Je le sais et je veux que vous commenciez votre travail en le sachant, vous aussi. Ne vous laissez jamais aller à en douter. Nous nous connaissons depuis que nous sommes enfants, je connais ses défauts comme personne au monde ne les connaît, mais il a trop bon cœur pour faire du mal à une mouche. Une telle accusation est absurde quand on le connaît réellement.

– J'espère que nous pourrons prouver son innocence, mademoiselle, dit Sherlock. Vous pouvez être sûre que je ferai tout mon possible.

– Vous avez lu les dépositions. Vous êtes arrivé à une conclusion? Vous n'y voyez pas une lacune, une fissure quelconque? Ne pensez-vous pas, vous-même, qu'il est innocent?

– Je crois que c'est très probable.

– Ah! Vous l'entendez? s'écria-t-elle en rejetant vivement la tête en arrière et en regardant Lestrade d'un air de défi. Vous entendez? *Lui* me donne de l'espoir.

Lestrade haussa les épaules.

– J'ai peur, dit-il, que mon collègue n'ait été un peu prompt à former ses conclusions.

– Mais il a raison. Oh! je sais qu'il a raison. James n'est pas coupable. Et quant à sa dispute avec son père, je suis sûre que s'il n'a pas voulu en parler au coroner c'est qu'elle me concernait.

– De quelle façon? demanda Holmes.

– Ce n'est pas le moment de cacher quoi que ce soit. James et son père ont souvent été en désaccord à mon sujet. M. Mac Carthy désirait fort que nous nous mariions. James et moi, nous nous sommes toujours aimés comme frère et sœur, mais, naturellement, il est jeune et connaît encore peu la vie... et... et... eh bien!... il ne voulait pas encore en entendre parler. Alors il y avait des disputes et celle-ci, j'en suis sûre, était du nombre.

– Et votre père? demanda Holmes. Était-il favorable à cette union?

– Non, lui aussi y était opposé. À part M. Mac Carthy, personne n'en était partisan.

Comme Holmes dirigeait sur elle un de ses regards perçants et perspicaces, une vive rougeur passa sur le visage jeune et frais de Mlle Turner.

– Merci pour vos renseignements, dit Holmes. Pourrais-je voir votre père, demain?

– J'ai peur que le docteur ne le permette pas.

– Le docteur?

– Oui, vous ne saviez pas? Mon pauvre père n'a jamais été bien valide ces dernières années, mais cette affaire l'a complètement abattu. Il s'est alité et le Dr Willowe dit que ce n'est plus qu'une épave, que son système nerveux est ébranlé. De ceux qui ont connu mon père autrefois à Victoria, M. Mac Carthy était le seul survivant.

– Ah! À Victoria! C'est important, ça.

– Oui, aux mines.

– Précisément, aux mines d'or où, si j'ai bien compris, M. Turner a fait sa fortune.

– Oui, exactement.

– Je vous remercie, mademoiselle Turner. Vous m'avez apporté une aide très sérieuse.

– Vous me direz si vous avez des nouvelles demain? Sans doute irez-vous à la prison voir James. Oh! Si vous y allez, monsieur Holmes, dites-lui que je sais qu'il est innocent.

– Je le lui dirai certainement, mademoiselle.

– Il faut que je m'en aille maintenant, car papa est très malade et je lui manque beaucoup, quand je le quitte. Au revoir, et Dieu vous aide dans votre tâche!

Elle sortit de la pièce aussi vivement qu'elle y était entrée et nous entendîmes dans la rue le fracas des roues de sa voiture.

– J'ai honte de vous, Holmes, dit Lestrade avec dignité après quelques minutes de silence. Pourquoi faire naître des espérances que vous serez obligé de décevoir? Je ne pèche pas par excès de tendresse, mais j'appelle cela de la cruauté.

– Je pense voir un moyen d'innocenter James Mac Carthy, répondit Holmes. Avez-vous un permis pour le voir en prison?

– Oui, mais seulement pour vous et moi.

– Alors, je reviens sur ma résolution de ne pas sortir. Nous avons encore le temps de prendre un train pour Hereford et de le voir ce soir?

– Largement.

– Allons-y donc. J'ai peur, Watson, que vous ne trouviez le temps long, mais je ne serai absent qu'une ou deux heures.

Je descendis jusqu'à la gare avec eux et errai dans les rues de la petite ville pour revenir enfin à l'hôtel où, allongé sur un canapé, je tentai de m'intéresser à un roman. La mesquine intrigue était bien mince, toutefois, comparée au profond mystère dans lequel nous avancions à tâtons; je constatai bientôt que mon attention quittait si constamment la fiction pour revenir à la réalité, qu'au bout du compte je lançai le roman à travers la pièce et m'absorbai tout entier dans la considération des événements du jour… À supposer que le récit de ce malheureux jeune homme fût absolument vrai, quel événement infernal, quelle calamité absolument imprévue et extraordinaire, avait donc pu survenir entre le moment où il avait quitté son père et l'instant où, ramené sur ses pas par les cris, il était revenu dans la clairière en courant? Quelque chose de terrible avait eu lieu. Mais quoi? La nature des blessures n'était-elle pas susceptible de révéler un détail quelconque à un médecin comme moi? Sonnant un domestique, je lui demandai les hebdomadaires locaux qui donnaient le compte rendu *in extenso* de l'enquête. Dans son rapport, le chirurgien précisait que le tiers postérieur de l'os pariétal gauche et la moitié de l'os occipital avaient été brisés par un coup très lourd assené avec une arme contondante. Je marquai l'endroit sur ma propre tête. Évidemment, un coup de ce genre ne pouvait être porté que par-derrière. Jusqu'à un certain point, cette observation était favorable à l'accusé, puisque, au moment de leur querelle, ils étaient face à face. Toutefois, cela ne prouvait pas grand-chose, car le père avait pu se retourner avant que le coup ne tombât. Cela valait pourtant la peine d'y attirer l'attention d'Holmes. Il y avait aussi cette allusion singulière du mourant à un rat. Qu'est-ce que cela signifiait? Ce ne pouvait être du délire. Une personne qui meurt d'un coup soudain ne délire généralement pas. Non, vraisemblablement, le vieillard tentait d'expliquer comment on l'avait tué. Mais qu'est-ce que cela pouvait vouloir dire? Je me torturai l'esprit en quête d'une explication possible. Et encore cet incident de l'étoffe grise qu'avait vue le jeune Mac Carthy. Si la chose était vraie, l'assassin avait dû laisser tomber un vêtement quelconque, son pardessus sans doute, dans sa fuite, et il avait eu la témérité de revenir sur ses pas et de le reprendre pendant que le fils était agenouillé, le dos tourné, à une douzaine de pas de là. Quel enchevêtrement de mystères et d'improbabilités que tout cela! L'opinion de Lestrade ne me surprenait pas, et pourtant j'avais tellement foi dans l'intuition de Holmes que je me refusais à abandonner tout espoir, et ce d'autant moins que chaque élément nouveau semblait renforcer mon ami dans sa conviction que le jeune Mac Carthy était innocent.

Il était tard quand Sherlock Holmes revint, seul, car Lestrade avait pris ses quartiers en ville.

– Le thermomètre n'a guère varié, remarqua-t-il en prenant un siège. Ce qu'il faut, c'est qu'il ne pleuve pas avant que nous allions sur le terrain. D'autre part comme il convient d'être très frais et très en forme pour une besogne aussi délicate que celle-là, je ne tenais pas à l'entreprendre alors que j'étais fatigué par un long voyage. J'ai vu le jeune Mac Carthy.

– Et qu'en avez-vous appris?

– Rien.

– Il n'a pu vous donnez aucun éclaircissement?

– Absolument aucun. J'étais porté à croire tout d'abord qu'il savait qui avait fait le coup et qu'il couvrait l'assassin, homme ou femme, mais je suis maintenant convaincu qu'il est plus perplexe que n'importe qui. Le gaillard n'a pas l'esprit très prompt, bien qu'il soit beau garçon et, je crois, parfaitement droit.

– Je ne saurais en tout cas admirer son goût, observai-je, si c'est vraiment un fait qu'il ne veut pas d'un mariage avec une jeune personne aussi charmante que Mlle Turner.

– Ah! Il y a là une histoire bien pénible. Le pauvre diable, il l'aime à la folie, il en perd la tête; mais il y a à peu près deux ans, quand il n'était encore qu'un gamin, et avant qu'il ne connût bien Mlle Turner jeune fille, car elle a passé cinq ans en pension je ne sais où, est-ce que cet idiot n'est pas allé tomber entre les griffes de la serveuse d'un bar de Bristol qu'il a épousée clandestinement! Personne n'en sait rien; mais vous pouvez imaginer à quel point ce devait être affolant pour lui d'être tancé parce qu'il ne faisait point ce pour quoi il eût volontiers donné sa vie, tout en sachant que c'était absolument impossible. C'est bel et bien l'affolement en question qui lui faisait jeter les bras en l'air quand son père, lors de leur dernière rencontre, cherchait à le persuader de demander la main de Mlle Turner. D'un autre côté, il ne possédait aucun moyen de subvenir à ses propres besoins et son père qui, de l'avis unanime, était très dur, l'aurait jeté complètement par-dessus bord, s'il avait su la vérité... C'était avec la serveuse de bar, sa femme, qu'il venait de passer les trois jours précédant le crime et son père ignorait où il était. Notez bien ce point. Il a une grande importance. À quelque chose malheur est bon! La serveuse, ayant appris par les journaux qu'il a des ennuis sérieux et qu'il risque d'être sans doute pendu, a pour sa part complètement renoncé à lui. Elle lui a écrit pour l'informer qu'elle a déjà un mari aux chantiers des Bermudes et qu'il n'existe, en réalité, aucun lien légal entre eux. Je crois que cette nouvelle a consolé le jeune Mac Carthy de tout ce qu'il a souffert.

– Mais s'il est innocent, qui a commis le crime?

– Ah! Qui? Je voudrais attirer votre attention tout particulièrement sur deux points. Le premier, c'est que la victime avait un rendez-vous avec quelqu'un à l'étang et que ce quelqu'un ne pouvait être son fils, puisque le fils était absent et que le père ne savait pas quand il reviendrait. Le second point, c'est qu'on a entendu le défunt crier «Hé! Ho!» avant qu'il sût que son fils était revenu. Ça, ce sont les points cruciaux dont dépend toute l'enquête. Et maintenant, si vous le voulez bien, parlons littérature et laissons de côté pour demain les points sans importance.

La pluie, comme Holmes l'avait prévu, ne tomba pas, et le matin éclatant brilla dans un ciel sans nuages. À neuf heures, Lestrade vint nous chercher avec la voiture et nous nous mîmes en route pour la ferme d'Hatherley et l'étang de Boscombe.

– Il y a de graves nouvelles ce matin, dit Lestrade. On dit que M. Turner est si malade qu'on désespère.

– Un homme d'âge mûr, sans doute? dit Holmes.

– Dans les soixante, mais sa constitution a été ébranlée par sa vie à l'étranger et depuis quelque temps sa santé décline. Cette affaire a eu sur lui un très mauvais effet. C'était un vieil ami de Mac Carthy et, il faut l'ajouter, son grand bienfaiteur, car j'ai appris qu'il lui abandonnait la ferme d'Hatherley sans réclamer aucune redevance.

– Vraiment! Voilà qui est intéressant, dit Holmes.

– Oui. Il l'a aidé de cent autres façons. Tout le monde par ici parle de sa bonté pour lui.

– Réellement! Et cela ne vous paraît pas un peu singulier que ce Mac Carthy, qui semble avoir eu si peu de biens personnels et tellement d'obligations envers Turner, songeât encore, malgré cela, à marier son fils à la fille de Turner? Le fait qu'elle est vraisemblablement l'héritière du domaine ne l'empêchait pas d'en parler avec une certitude écrasante, comme s'il n'y avait qu'à faire la proposition et que tout le reste eût suivi! C'est d'autant plus étrange que nous savons que Turner lui-même ne voulait pas de ce mariage. La fille nous l'a dit. Vous n'en déduisez rien?

– Nous voici arrivés aux déductions et aux inductions, dit Lestrade en clignant de l'œil de mon côté. Je trouve, Holmes, qu'on a assez de mal à se débrouiller avec les faits, sans prendre notre vol avec les théories et l'imagination.

– Vous avez raison, approuva Holmes posément, vous trouvez qu'on a de la peine à débrouiller les faits?

– En tout cas, j'en ai saisi un que vous paraissez trouver difficile à retenir, répliqua Lestrade en s'échauffant un peu.

– Et lequel?

– Que Mac Carthy père est mort de la main de Mac Carthy fils, et que toutes les théories qui vont à l'encontre de ce fait sont de pures lubies, des rêvasseries au clair de lune.

– Le clair de lune est une chose plus brillante que le brouillard, dit Holmes en riant. Mais, si je ne me trompe, voici à gauche la ferme d'Hatherley?

– Oui, c'est cela.

C'était un vaste bâtiment d'aspect cossu, avec ses deux étages, son toit d'ardoises et ses murs gris semés de grandes taches de mousse. Les stores baissés et les cheminées qui ne fumaient pas lui donnaient toutefois un air de tristesse, comme si le poids de cette tragédie pesait encore sur lui. Nous nous présentâmes à la porte. Puis, à la requête de Holmes, la servante nous montra les chaussures que portait son maître au moment de sa mort, et aussi une paire de souliers qui appartenait au fils, bien que ce ne fût pas celle qu'il portait alors. Après les avoir mesurés très soigneusement en sept ou huit points différents, Holmes se fit conduire dans la cour, et de là nous suivîmes tous le sentier sinueux qui menait à l'étang de Boscombe.

Quand il était lancé sur une piste comme celle-ci, Sherlock Holmes était transformé. Ceux qui n'ont connu que le raisonneur, le logicien tranquille de Baker Street, n'auraient jamais pu le reconnaître. Son visage tantôt s'enflammait, tantôt s'assombrissait. Son front se plissait de deux rides dures et profondes au-dessous desquelles ses yeux brillaient avec l'éclat de l'acier. Il penchait la tête, ses épaules se courbaient, ses lèvres se pinçaient et les muscles de son cou puissant saillaient comme des cordes. Ses narines semblaient dilatées par cette passion purement animale qu'est la chasse, et son esprit se concentrait si intégralement sur le but poursuivi que toute question ou remarque qu'on pouvait lui adresser frappait son oreille sans qu'il y prêtât attention, ou sans provoquer autre chose qu'un grognement d'impatience. Rapide et silencieux, il suivit le chemin qui traverse les prairies puis, par les bois, va jusqu'à l'étang de Boscombe. Le sol était humide et marécageux, comme l'est toute cette région, et il y avait de nombreuses traces de pas, tant sur le sentier que dans l'herbe courte qui le bordait de chaque côté. Tantôt Holmes se portait vivement en avant, tantôt il s'arrêtait net; et une fois, il fit tout un petit détour et entra dans la prairie. Lestrade et moi marchions derrière lui, le détective avec un air d'indifférence et de mépris, alors que, moi, je ne quittais pas des yeux mon ami, car j'avais la conviction que chacun de ses gestes avait un but bien défini.

L'étang de Boscombe est une petite nappe d'eau entourée de roseaux de quelque cinquante mètres de large, qui se trouve au point où les terres de la ferme de Hatherley bordent le parc particulier du riche M. Turner. Au-dessus des bois qui le longaient sur l'autre rive, nous pouvions voir les tourelles élancées qui indiquaient l'emplacement de la demeure de l'opulent propriétaire. Le long de l'étang, vers Hatherley, les bois étaient très épais, mais une étroite bande de terre détrempée, large de cinq ou six mètres, courait entre la rangée d'arbres et les roseaux du bord. Lestrade nous montra l'endroit précis où l'on avait trouvé le corps et, en fait, la terre était si humide que je pouvais voir nettement les traces qu'avait laissées le corps de l'homme abattu. Holmes, ainsi qu'en témoignaient l'ardeur de son visage et l'intensité de son regard, lisait encore bien d'autres choses dans cette herbe foulée. Il courait et virait comme un chien qui flaire une piste. Soudain, il s'en prit à mon compagnon:

– Pourquoi êtes-vous allé dans l'étang?

– Je l'ai fouillé avec un râteau, pensant qu'il pourrait s'y trouver une arme ou un indice quelconque. Mais comment diable?...

– Assez, assez! je n'ai pas le temps! On le trouve partout, votre pied gauche légèrement tourné en dedans! Une taupe même le verrait, et il se perd parmi les roseaux. Oh! que la chose eût été simple, si je m'étais trouvé ici avant qu'ils ne viennent, comme un troupeau de buffles, patauger de tous côtés! C'est ici que le gardien est venu avec les siens, près du corps: ils ont recouvert toutes les empreintes de pas à trois mètres à la ronde. Mais voici trois parcours distincts des mêmes empreintes.

Il tira une loupe de sa poche, et s'allongea sur son imperméable pour mieux voir, sans cesser de parler, pour lui-même plutôt que pour nous.

– Voici les pas du jeune Mac Carthy. En deux occasions il marchait et une fois il courait, car les semelles sont profondément imprimées et les talons à peine visibles. Cela confirme son récit. Il a couru quand il a vu son père à terre. Et voici les pieds de son père alors qu'il allait et venait de-ci, de-là. Mais qu'est-ce que ceci? C'est la crosse du fusil, alors que le fils restait là, à écouter. Et ça? Ah! ah! Qu'avons-nous là? Des bouts de souliers! Des bouts de souliers! Et carrés encore! Des souliers tout à fait extraordinaires! Ils vont, ils viennent, ils reviennent. Oui, bien sûr, pour le manteau. Et maintenant, d'où venaient-ils?

Il se mit à courir à droite et à gauche, tantôt perdant, tantôt retrouvant la piste, jusqu'au moment où nous fûmes à quelque distance de l'orée du bois et au pied d'un grand hêtre, le plus gros des arbres du voisinage. Holmes se dirigea vers l'autre côté du tronc et, une fois encore, s'aplatit avec un petit cri de satisfaction. Longtemps il resta là à retourner les feuilles et les brindilles sèches, à ramasser, pour le glisser dans une enveloppe, ce qui me parut être de la poussière. Il examina à la loupe non seulement le sol, mais même l'écorce de l'arbre, aussi haut qu'il pouvait atteindre. Une pierre rugueuse gisait dans la mousse; il l'examina aussi soigneusement et la garda. Après quoi, en suivant un petit sentier à travers bois, il aboutit à la grand-route, où toutes les traces se perdaient.

– Ç'a été une visite du plus vif intérêt, remarqua-t-il en revenant à son état normal. Je suppose que cette maison grise, à gauche, est celle du gardien. Je crois que je vais y aller dire deux mots à Moran et peut-être écrire un petit billet. Cela fait, nous pourrons repartir déjeuner. Vous pouvez regagner la voiture, je vous rejoins tout de suite.

Il s'écoula à peu près dix minutes avant que nous ne remontions en voiture et que nous ne retournions à Ross; Holmes tenait toujours la pierre qu'il avait ramassée dans le bois.

– Ceci peut vous intéresser, Lestrade, dit-il, en la lui tendant. C'est avec cela que le crime a été commis.

– Je n'y vois aucune trace.

– Il n'y en a pas.

– Alors, comment le savez-vous?

– L'herbe poussait sous cette pierre. Elle n'était là que depuis quelques jours. Il n'y avait aucune trace indiquant qu'on l'eût enlevée d'un endroit quelconque. Elle correspond bien aux blessures. Il n'y a pas trace d'une autre arme.

– Et le meurtrier?

– C'est un homme grand, un gaucher, qui boite du pied droit; il porte des souliers de chasse à semelles épaisses et un manteau gris; il fume des cigares indiens et il a en poche un fume-cigare et un canif émoussé. Il y a encore quelques autres indices, mais ceux-là peuvent suffire à orienter nos recherches.

Lestrade se mit à rire:

– Je demeure sceptique, hélas! Les théories, c'est très joli, mais nous avons affaire à un jury d'Anglais qui ont la tête dure.

– Nous verrons, répondit Holmes avec calme. Travaillez selon votre méthode à vous, je travaillerai selon la mienne. Je serai très occupé cet après-midi et sans doute retournerai-je à Londres par le train du soir.

– Et vous laisserez votre enquête inachevée?
– Non, achevée.
– Mais le mystère?
– Éclairci.
– Qui donc est le criminel?
– Le monsieur que j'ai décrit.
– Mais qui est-ce?
– Ce ne sera sûrement pas difficile de le trouver. La région n'est pas tellement peuplée.

Lestrade haussa les épaules:

– Je suis un homme pratique, et je ne puis vraiment pas courir le pays à la recherche d'un gaucher qui boite. Je serais la risée de Scotland Yard.

– Fort bien, dit Holmes tranquillement. Je vous aurai donné votre chance. Vous voici chez vous. Au revoir. Je vous laisserai un mot avant de m'en aller.

Après avoir abandonné Lestrade à son domicile, nous nous rendîmes à l'hôtel, où le déjeuner était prêt. Holmes restait silencieux. Il semblait perdu dans ses pensées et son visage était empreint d'une expression pénible, celle de quelqu'un qui se trouve dans une situation angoissante.

– Watson, dit-il, quand la table fut débarrassée, asseyez-vous là, sur cette chaise, et laissez-moi un instant vous prêcher un sermon. Je ne sais pas trop quoi faire et je voudrais votre avis. Allumez un cigare et laissez-moi développer ma pensée.

– Je vous en prie, faites...

– Eh bien! Donc, en considérant cette affaire, il y a deux points dans le récit du jeune Mac Carthy qui nous ont tous les deux frappés sur-le-champ, bien qu'ils nous aient impressionnés, moi en sa faveur, et vous contre lui. L'un, c'était le fait que son père, suivant ce qu'il a dit, avait crié «Hé! Ho!» avant de le voir. L'autre, c'était cette singulière allusion du mourant à un rat. Il a marmonné plusieurs mots, vous le savez, mais ce fut là tout ce que l'oreille du fils put saisir. Or c'est de ce double point que nos recherches doivent partir et nous commencerons en supposant que ce que dit le jeune homme est absolument vrai.

– Qu'est-ce que ce «Hé! Ho!» alors?

– De toute évidence il ne pouvait être à l'intention du fils. Le fils, pour ce que l'autre en savait, était à Bristol. Ce fut tout à fait par hasard qu'il se trouva à portée pour l'entendre. Le «Hé! Ho!» devait attirer l'attention de quelqu'un, n'importe qui, avec qui il avait rendez-vous. Mais «Hé! Ho!» est distinctement un cri australien et un cri qui est employé entre Australiens. Il y a donc une forte présomption pour que la personne que Mac Carthy s'attendait à rencontrer à l'étang de Boscombe fût quelqu'un qui avait été en Australie.

– Et le rat?

Sherlock Holmes tira de sa poche un papier plié et l'aplatit sur la table.

– Ceci, dit-il, est une carte de la colonie de Victoria. Je l'ai demandée hier soir à Bristol par dépêche.

Il posa la main sur une partie de la carte et demanda:

– Que lisez-vous ici?

Je lus: *Rat*.

– Et maintenant?

Il leva sa main.

– *Ballarat*.

– Exactement. C'est là le mot que l'homme a prononcé et dont le fils n'a saisi que la dernière syllabe. Il essayait de prononcer le nom de son assassin, Un Tel, de Ballarat.

– C'est merveilleux! m'écriai-je.

– C'est évident. Et maintenant, vous le voyez, j'ai rétréci considérablement mon champ d'investigations. La possession d'un vêtement gris constitue, si l'on suppose exact le récit du fils, une troisième certitude. Nous sommes donc à présent sortis du vague absolu pour arriver à l'idée bien définie d'un Australien venu de Ballarat et qui porte un manteau gris.

– Certainement.

– Et d'un Australien qui était chez lui dans ce coin, car on ne peut s'approcher de l'étang que par la ferme ou par la grande propriété où ne pouvaient guère errer des étrangers.

– Exactement.

– Là-dessus se place notre expédition d'aujourd'hui. Par l'examen du terrain, j'ai obtenu sur la personne de l'assassin les détails insignifiants que j'ai donnés à cet imbécile de Lestrade.

– Mais comment les avez-vous obtenus?

– Vous connaissez ma méthode. Elle est fondée sur l'observation des détails sans grande importance.

– Sa taille, je sais que vous pouvez en juger approximativement d'après la longueur de ses enjambées. Ses chaussures aussi, vous pouvez les connaître par leurs empreintes.

– Oui, c'étaient des chaussures particulières.

– Mais sa claudication?

– L'empreinte de son pied droit était toujours moins marquée que la gauche. Il pesait moins dessus. Pourquoi? Parce qu'il boitait.

– Mais comment savez-vous qu'il était gaucher?

– Vous avez été vous-même frappé de la nature de la blessure, telle que le chirurgien l'a décrite lors de l'enquête. Le coup a été porté par-derrière et a pourtant atteint le côté gauche. Or, comment cela se pourrait-il s'il n'avait pas été donné par un gaucher? Le meurtrier est resté derrière le hêtre pendant l'entrevue du père et du fils. Il y a même fumé. J'ai trouvé la cendre d'un cigare et mes connaissances spéciales en fait de cendres de tabac m'ont permis de dire que c'était un cigare indien. Je me suis, comme vous le savez, quelque peu intéressé à ces choses-là et j'ai écrit une petite monographie sur les cendres de cent quarante variétés de tabac pour la pipe, le cigare et les cigarettes. Après avoir trouvé la cendre, j'ai cherché aux alentours et découvert le mégot, dans la mousse où il l'avait jeté. C'était un cigare indien d'une variété qu'on roule à Rotterdam.

– Et le fume-cigare?

– J'ai pu voir que le bout du cigare n'avait pas été dans la bouche. L'assassin se servait donc d'un fume-cigare. Le bout en avait été coupé, et non mordu, mais la coupure n'était pas nette, d'où j'ai déduit un canif émoussé.

– Holmes, vous avez tissé autour de cet homme un filet d'où il ne saurait s'échapper et vous avez sauvé la vie d'un innocent aussi sûrement que si vous aviez tranché la corde qui le pendait. Je vois où convergent tous ces points. Le coupable, c'est...

– M. John Turner! annonça le garçon d'hôtel en ouvrant la porte de notre studio et en introduisant un visiteur.

L'homme qui entrait avait une allure étrange, dont on était frappé dès l'abord. Sa démarche lente et claudicante, ses épaules voûtées lui donnaient un air de décrépitude, et pourtant ses traits profondément accentués et rugueux, autant que sa formidable stature, montraient qu'il était doué d'une force physique et morale extraordinaire. Sa barbe touffue, ses cheveux grisonnants, ses sourcils saillants et drus lui conféraient un air de dignité et de puissance, mais son visage était d'une blancheur de cendre, et ses lèvres et les coins de sa bouche se nuançaient d'une légère teinte bleue. Au premier coup d'œil, il m'apparut clairement que cet homme était la proie d'une maladie mortelle.

– Je vous en prie, dit Holmes doucement, asseyez-vous sur le canapé. Vous avez reçu mon billet?

– Oui, le gardien me l'a apporté. Vous disiez que vous vouliez me voir ici afin d'éviter tout scandale.

– J'ai pensé qu'on jaserait si j'allais au manoir.

– Et pourquoi désiriez-vous me voir?

Il regardait mon compagnon avec du désespoir dans ses yeux fatigués, comme si déjà la réponse lui était connue.

– Oui, dit Holmes, répondant au regard plutôt qu'aux paroles. C'est ainsi. Je n'ignore rien de ce qui concerne Mac Carthy.

Le vieillard laissa tomber son visage dans ses mains.

– Que le ciel me vienne en aide! s'écria-t-il. Mais je n'aurais pas permis que le jeune homme en souffrît. Je vous donne ma parole que j'aurais parlé si, aux assises, le procès avait tourné contre lui.

– Je suis content de vous l'entendre dire, fit Holmes avec gravité.

– J'aurais parlé dès à présent, n'eût été ma fille. Cela lui briserait le cœur – cela lui brisera le cœur d'apprendre que je suis arrêté.

– Il se peut qu'on n'en vienne pas là, dit Holmes.

– Quoi!

– Je ne suis pas un agent officiel. Je sais que c'est votre fille qui a demandé que je vienne ici et j'agis dans son intérêt. Toutefois, il nous faut tirer de là le jeune Mac Carthy.

– Je suis mourant, dit le vieux Turner. Depuis des années je souffre de diabète. Mon médecin dit qu'on peut se demander si je vivrai encore un mois. Pourtant, j'aimerais mieux mourir sous mon propre toit qu'en prison...

Holmes se leva et alla s'asseoir à la table, la plume en main et du papier devant lui.

– Dites-moi simplement la vérité, dit-il. Je noterai les faits. Vous signerez et Watson, que voici, en sera témoin.

Alors je pourrai, à la toute dernière extrémité, produire votre confession pour sauver le jeune Mac Carthy. Je vous promets de ne m'en servir que si cela devient absolument nécessaire.

– C'est bien, dit le vieillard. On ne sait pas si je vivrai jusqu'aux assises, cela a donc peu d'importance. Mais je voudrais épargner un pareil choc à Alice. Maintenant, je vais tout vous exposer clairement. Ça a été long à se produire, mais ça ne me prendra guère de temps pour vous le dire.

«Vous ne le connaissiez pas, le mort, Mac Carthy. C'était le diable incarné. Je vous l'affirme. Dieu vous garde de tomber jamais dans les griffes d'un pareil individu. Pendant vingt ans j'ai été sa proie et il a ruiné ma vie. Je vous dirai tout d'abord comment il se trouva que je fus à sa merci.

«C'était entre 1860 et 1864. J'étais alors jeune, aventureux et plein d'ardeur, prêt à me mettre à n'importe quoi. Je me suis trouvé parmi de mauvais compagnons et je me suis mis à boire. Comme je n'avais pas de chance, aux mines, avec ma concession, j'ai pris le maquis et je suis devenu ce que, par ici, on appellerait un voleur de grands chemins. Nous étions six et nous menions une vie libre et sauvage; de temps en temps nous attaquions un établissement, ou nous arrêtions les chariots sur la route des placers. Jack le Noir, de Ballarat, tel était le nom sous lequel on me connaissait, et dans la colonie on se souvient encore de notre groupe, qu'on appelle la bande de Ballarat.

«Un jour, un convoi d'or descendait de Ballarat à Melbourne. Nous avons dressé une embuscade et nous l'avons attaqué. Il y avait six soldats et nous étions six; ce fut donc une lutte serrée, mais à la première décharge nous en avions désarçonné quatre. Trois de nos gars, cependant, furent tués avant que nous ne nous emparions du butin. Je posai mon pistolet sur la tempe du conducteur du chariot; c'était cet homme, ce Mac Carthy. Que je regrette, grand Dieu, de ne pas l'avoir tué alors! mais je l'ai épargné; pourtant, je voyais bien que ses petits yeux méchants se fixaient sur mon visage, comme pour s'en rappeler tous les traits. Nous sommes partis avec l'or, nous sommes devenus riches et nous sommes revenus plus tard en Angleterre, sans qu'on nous ait jamais soupçonnés. Je me suis donc séparé de mes anciens camarades, résolu à me fixer et à mener une vie tranquille. J'ai acheté cette propriété, qui se trouvait en vente, et je me suis efforcé de faire un peu de bien avec mon argent, pour réparer la façon dont je l'avais gagné. Je me suis marié et, bien que ma femme soit morte jeune, elle m'a laissé ma chère petite Alice. Même alors qu'elle n'était qu'un bébé, sa toute petite main semblait me conduire sur la voie du bien, comme rien jusqu'alors ne l'avait jamais fait. En un mot, j'avais changé de vie et je faisais de mon mieux pour racheter le passé. Tout allait bien, quand un jour Mac Carthy me prit dans ses filets.

«J'étais allé à Londres pour placer des fonds et je le rencontrai dans Regent Street; c'est à peine s'il avait un veston sur le dos et des souliers aux pieds.

«– Nous voici, Jack! dit-il en me touchant le bras. Nous serons pour toi comme une famille. Nous sommes deux, moi et mon fils, et tu as les moyens de nous entretenir. Si tu ne veux pas... l'Angleterre est un beau pays où l'on respecte la loi et où il y a toujours un agent de police à portée de voix.

«Ils sont donc venus dans l'Ouest; il n'y avait pas moyen de m'en débarrasser et, depuis ce temps-là, ils ont vécu, sans rien payer, sur la meilleure de mes terres. Pour moi, il n'y avait plus de paix, plus d'oubli. Partout où j'allais, sa face rusée et grimaçante était là, à côté de moi. À mesure qu'Alice grandissait, cela empirait, car il s'aperçut bientôt que je craignais moins la police que de voir ma fille connaître mon passé. Quoi qu'il me demandât, il fallait le lui donner, et quoi que ce fût, je le lui abandonnais sans aucune question: terre, argent, maison, jusqu'au jour où il me demanda quelque chose que je ne pouvais pas donner.

«Il me demanda Alice.

«Son fils, voyez-vous, avait grandi, et ma fille aussi, et comme on savait ma santé fragile, il lui semblait assez indiqué que son rejeton entrât en possession de mes biens. Mais, cette fois, j'ai tenu bon. Je ne voulais pas que sa maudite engeance fût mêlée à la mienne, non que le garçon me déplût, mais le sang du père était en lui, et c'était assez. Je suis resté ferme. Mac Carthy a proféré des menaces. Je l'ai mis au défi. Nous devions nous rencontrer à l'étang, à mi-chemin de nos deux maisons, pour en discuter.

«Quand j'y suis allé, je l'ai trouvé qui parlait à son fils; j'ai donc fumé un cigare derrière un arbre en attendant qu'il fût seul. Mais pendant que j'écoutais ce qu'il disait, tout ce qu'il y avait de noir et d'amer en moi semblait revenir à la surface. Il pressait son fils d'épouser ma fille avec aussi peu d'égards pour ses sentiments que si ç'eût été une garce des rues. Cela m'exaspéra de penser que moi-même et ce que j'avais de plus cher, nous étions à la merci d'un tel être. Ne pouvais-je donc briser ce lien? J'étais déjà désespéré, mourant. J'avais encore l'esprit assez clair, les membres assez forts, et mon sort, je le savais, était réglé. Mais ma mémoire, mais ma fille! L'une et l'autre seraient sauves, si seulement je parvenais à réduire au silence cette langue infâme. Je l'ai fait, monsieur Holmes. Je le ferais encore. Si fortement que j'aie péché, j'ai mené une vie de martyr pour racheter mes fautes. Mais que ma fille dût se trouver prise dans ces mêmes filets qui m'emprisonnaient, c'était plus que je n'en pouvais endurer. Je l'ai abattu sans plus de scrupules que s'il avait été une bête immonde et venimeuse. Son cri a fait revenir son fils, mais j'avais rejoint le couvert du bois; je fus pourtant obligé de retourner chercher le manteau que j'avais laissé tomber dans ma fuite. Tel est, messieurs, le récit véridique de tout ce qui s'est passé.

– C'est bien, dit Holmes, pendant que le vieillard signait la déclaration que mon ami avait écrite. Ce n'est pas à moi de vous juger, je souhaite seulement que nous ne soyons jamais placés dans une pareille position.

– Je le souhaite aussi, monsieur. Qu'avez-vous l'intention de faire?

– En raison de votre santé, rien. Vous savez que vous aurez bientôt à répondre de vos actes devant un tribunal plus haut que les assises. Je garderai votre confession et, si le jeune Mac Carthy est condamné, je serai forcé de m'en servir. Sinon, nul œil humain ne la verra jamais et votre secret, que vous soyez vivant ou mort, ne risquera rien entre nos mains.

– Adieu donc, dit le vieillard d'un ton solennel. Quand viendra pour vous l'heure de la mort, les moments en seront moins pénibles si vous pensez à la paix que vous aurez procurée à la mienne.

Et d'un pas incertain et chancelant, tout son corps de géant frémissant, il sortit de la pièce.

– Dieu nous vienne en aide! dit Holmes après un long silence. Pourquoi le Destin joue-t-il de tels tours à de pauvres êtres impuissants? Je n'entends jamais parler d'une affaire comme celle-ci sans penser aux mots de Baxter, et sans dire: «Ce coupable-là, sans la grâce de Dieu, ce pourrait être moi.»

James Mac Carthy fut acquitté aux assises, grâce aux nombreuses et puissantes objections que Sherlock Holmes avait rédigées et soumises à son défenseur. Le vieux Turner vécut encore sept mois, après notre entrevue, mais il est mort maintenant, et tout laisse à prévoir que le fils et la fille pourront vivre heureux ensemble, dans l'ignorance du sombre nuage qui pèse sur leur passé.

Le rituel des Musgrave 9

L'interprète grec 29

Une affaire d'identité 49

Le mystère de la vallée de Boscombe 69

Achevé d'imprimer en Europe
à Pössneck (Thuringe, Allemagne)
en juillet 1994
pour le compte de EJL
27, rue Cassette 75006 Paris

Dépôt légal juillet 1994

Diffusion France et étranger
Flammarion

Imprimé sur papier sans chlore et sans acide